时代记忆
文　丛

李季诗歌精选

李季 著　李江夏 选编

青海人民出版社

图书在版编目（CIP）数据

李季诗歌精选 / 李季著；李江夏选编 . -- 西宁：青海人民出版社，2020.6
（时代记忆文丛）
ISBN 978-7-225-05971-6

Ⅰ. ①李… Ⅱ. ①李… ②李… Ⅲ. ①诗集—中国—当代 Ⅳ. ① I227

中国版本图书馆 CIP 数据核字 (2020) 第 081726 号

时代记忆文丛

李季诗歌精选

李　季　著

李江夏　选编

出 版 人	樊原成
出版发行	青海人民出版社有限责任公司
	西宁市五四西路 71 号　邮政编码：810023　电话：（0971）6143426（总编室）
发行热线	（0971）6143516/6137730
网　　址	http://www.qhrmcbs.com
印　　刷	陕西龙山海天艺术印务有限公司
经　　销	新华书店
开　　本	890mm×1240mm　1/32
印　　张	9.5
字　　数	200 千
版　　次	2020 年 7 月第 1 版　2020 年 7 月第 1 次印刷
书　　号	ISBN 978-7-225-05971-6
定　　价	62.00 元

版权所有　侵权必究

总　序

"人民文学"的传统在当代

李云雷

20世纪中国最重要的事件是中国革命和改革开放，中国革命的胜利使中国彻底摆脱了半殖民地半封建社会，获得了民族独立，"中国人民从此站起来了"；改革开放的成功则让中国走出了一穷二白的状态，奠定了民族复兴的基础。在21世纪的今天，我们正走在中华民族伟大复兴的征程上，当回望20世纪的时候，我们应该感激与铭记中国革命与改革开放，或许我们身在其中并不觉得有什么特别，但是放眼世界我们就会发现，并不是所有国家的革命都能够获得胜利，在20世纪末仍大体保持着19世纪末古老帝国版图的，只有中国；也并不是所有国家都能够进行改革开放，都能够取得改革开放的成功，或者说能够顺利推进改革开放并使国势国运日趋向上的，也只有中国。中国革命和改革开放是20世纪中国最重要的遗产，也是我们在21世纪不断开拓进取、实现民族复兴最重要的根基。

"人民文学"是在中国革命的进程中产生，并对中国革命、建设、改革产生重要影响的文学。在这里，我们所说的"人民文学"是一种泛指，在不同的历史时期曾被称为"革命文学""解放区文学""十七年文学"等，又在不同的理论视域中被命名为"左翼文学""社会主义文学""红色文学"等，"人民文学"的概念既是对上述各种称谓的通约性表达，也是在新的历史语境中的一种通俗性表达。"人民文学"与20世纪中国革命紧紧联系在一起，既是20世纪中国革命组织、动员的一种方式，也是其在文化上的一种表达。"人民文学"的重要性体现在它在转变观念、凝聚情感、社会动员与组织，以及寓教于乐等方面所发挥的作用。在1940—1970年代，中国内忧外患不断，生产力低下，群众的识字率较低、知识文化水平贫乏、娱乐方式简单，"人民文学"在那时起到了独特而重要的作用。作为一种文化政治传统，"人民文学"伴随20世纪中国革命以及建国后的社会主义建设实践而逐渐生成，并以不同方式在改革开放的历史语境中延续和变迁，它直接参与和内在于现代中国的进程，发挥着独特的革命文化能量，进而建构了新的社会主义文化经验和价值传统。

"人民文学"在1940—1970年代的中国文学界曾占据主流，但在改革开放的历史新时期，对"人民文学"的评价却发生了分歧与分裂，其中既有20世纪80年代、90年代和21世纪初等不同时期的差异，也有国家、文学界、知识界等不同层面的差异，以下我们对这些分歧简单做一下勾勒，并对"人民文学"在新时代的状况做出分析。

在20世纪80年代，伴随着对"文革文学"的批判与反思，中国文学进入了一个繁荣发展的新时期，文学思潮层出不穷，从"伤痕文学""反思文学"到"改革文学""知青文学"，再到"寻根文学""先锋文学"，获得解放的文学释放出无穷的活力。在政治层面，中国进入了一个思想解放的时期，文艺政策也从"为政治服务"调整为"为人民服务，为社会主义服务"。在知识界，则发生了一场声势浩大的新启蒙运动。文学上的种种变化，被后来的文学史家概括为从"一体化到多元化"的转变，所谓"一体化"是指"人民文学"从1940年代到1970年代逐渐占据主流、成为主体，并趋于激进化的过程，而"多元化"则是指"一体化"因"文革文艺"的泡沫化而终止，逐渐走向开放、多元的过程。在这一历史时期，曾被激进的"文革文艺"压抑的其他文艺派别获得了重新评价，这些文艺派别既包括左翼文学内部的周扬、冯雪峰、胡风等人的文艺理论，丁玲、赵树理、孙犁、路翎等人的小说，也包括左翼文学之外的其他派别，比如自由主义文学、新月派、京派文学，等等，但在80年代，所谓"多元化"仍有其边界，大致限于"新文学"的范围之内，但这要到时代的进一步发展之后才能为我们知悉。1980年代的文学大致以1985年为界，呈现出迥然不同的样貌，在1985年之前，左翼文学与现实主义仍然占据主流，而在1985年之后，先锋文学与现代主义蔚然成风，逐渐占据了文学界的主流，而这则伴随着文学评价标准的重大变化，那就是从革命化到现代化、从人民文学到精英文学的转变。在这一过程中，以"重写文学史"的兴起为标志，对"人民文学"的评价逐渐走低，以"写什么和怎么写"的讨论为中心，对现实主义作品的评价也逐渐走低，或许在一个渴望转变与新异的时代，这样的变化也是难免的，要等到一个新的时代，我们才能对之进行客观冷静的评价。

在1990年代，市场化大潮席卷而来，文学界与知识界也产生了分化与争论。1993年、1994年发生的"人文精神大讨论"突显了作家与知识分子面对市场大潮的分歧，一些作家与知识分子热烈拥抱市场化与世俗化大潮，而另一些作家与知识分子则在市场大潮中坚守道德理想，或者坚守个人的岗位意识。与此同时，大众文化迅速崛起，影视与流行音乐逐渐占据了文化领域的中心位置，文学的位置开始边缘化。在文学界内部，伴随着金庸、琼瑶等通俗小说的流行，以前备受"新文学"压抑的通俗文学获得了重新评价的机会，从鸳鸯蝴蝶派到张恨水，从还珠楼主到港台新武侠，都获得了前所未有的关注。"多元化"的发展突破了"新文学"的界限，而逐渐开始向通俗文学、流行文学开放，文学评价的标准也逐渐向是否能够畅销，是否能够获得市场与读者的认可转移。在这样的潮流中，"新文学"的传统趋于边缘化，"人民文学"则处于边缘的边缘。但是在知识界，也出现了重新评价左翼文学的"再解读"思潮，他们从现代化、现代性的视角重新审视左翼文学的经典作品，对之做出了与革命史视野不同的阐释，不过这种解读更多借助于西方的"市民社会""公共空间"等理论资源，其中不乏深刻的洞见，但也有凿枘不合之处。发生在1997年、1998年的"新左派与自由主义论争"，显示了80年代新启蒙知识分子的分裂，他们在如何认识中国、如何评价中国革命、如何看待中国与世界等诸多问题上产生了深刻分歧，自由主义者更认可西方的普世价值与世界体系，但是新左派借助于新的理论资源，更认可中国道路的主体性与独特性。这一论争是20世纪最后一场思想论争，也是迄今为止影响最大的思想争鸣，这一论争主要发生于人文领域，其中很少看到文学知识分子的身影。但这一论争涉及对中国革命与红色经典的评价问题，也为人们重新认识红色文学打开了新的视野。

在21世纪最初10年，市场化大潮与大众文化的深刻影响仍在持续，但是在文学界内部，又出现了新的因素，那就是网络文学的迅速崛起，网络文学借助新的媒体形式，形成了一种新的文学生产、传播与接受方式，也形成了一种新的文学观念与文学模式。在观念上，网络文学打破了"新文学"以来的文学内涵，"新文学"将文学视为一种严肃的精神或艺术上的事业，无论是左翼文学、自由主义文学、"为艺术而艺术"，还是"改革文学""先锋文学""寻根文学"，中国现当代文学史上彼此相异与争论的诸多文学思潮，其实都分享着这样共同的文学观念，但是网络文学的出现却改变了这一共识，网络文学重视的是文学的消遣、娱乐、游戏功能，并将之推向了极致，而不再注重文学的教化、启迪、审美等功能，这极大地改变了文学的定位与整体格局。网络文学的盛行催生了穿越、玄幻、盗墓等不同的类型文学，并逐渐形成了一整套成熟的商业模式。与此同时，在更加市场化的环境中，通俗文学占据了越来越多的市场份额，"新文学"与"人民文学"的传统被进一步边缘化，主流文学界只有依靠体制的力量——作协、期刊、出版社——才能够生存下来。在这种情形之下，"底层文学"作为一种新的文艺思潮兴起，对80年代以来日趋僵化的"纯文学"及其体制进行了批判与超越，在文学界与社会各界引起了广泛关注。有论者将"底层文学"与"人民文学"的传统联系起来，但围绕这一议题也发生了分歧与争论，纯文学论者竭力贬低底层文学与"人民文学"的传统，但更年轻的一代研究者对之则持更为积极的态度。在文学研究界同样如此，新世纪以来，"左翼文学""延安文艺""十七年文学"逐渐成为文学界关注与阐释的热点问题，更年轻的学者倾向于从肯定的视角重新阐释"人民文学"及其经典作家作品，但他们的努力常被主流文学界视为异端与另类。

在21世纪第二个10年之初，市场化与大众文化进一步发展，网络文学及其商业模式则更趋于成熟，逐渐形成了"三分天下"的整体文学格局，即纯文学（严肃文学）、畅销书、网络文学三者各据一隅，纯文学（严肃文学）以期刊、作协、评奖为中心，畅销书以出版社与经济效益为中心，网络文学以点击率与IP改编为中心，各自形成了一套相对独立的文学运转与评价体系。但在2014年，这一整体格局开始发生转变。2014年及其之后，习近平总书记发表《在文艺座谈会上的讲话》等一系列关于文艺问题的重要论述，这是继毛泽东《在延安文艺座谈会上的讲话》之后，我党最高领导人首次系统阐释对文艺问题的观点，讲话所提出的"坚持以人民为中心的创作导向""文艺不要做市场的奴隶""创作是自己的中心任务，作品是自己的立身之本"等观点，继承了我党"文艺为人民服务，为社会主义服务"的优秀传统，又对文艺界出现的新问题、新现象、新经验做出了分析与判断，为新时代文艺的发展指明了方向，已经改变了并将继续改变文学界的整体格局。

改变之一，是"人民文学"的传统得到弘扬。自20世纪80年代中期以来，"人民文学"传统先后遭遇"先锋文学"、通俗文学、网络文学等巨大变革的挑战，日渐趋于边缘化，虽曾以"底层文学"的名义短暂复兴，而并没有得到主流文学界的认可，但"以人民为中心的创作导向"提出之后，极大地扭转了文学界的整体状况，"人民文学"传统受到重视，红色文学的经典作品也得到重新阐释与更大范围的认可。

改变之二，是"新文学"的观念得以传承。中国的"新文学"虽然有内部不同派别的论争以及不同历史时期的巨大断裂，但却都将文学视为一种精神或艺术上的事业，这一点与通俗文学、类型文学注重消遣娱乐有着本质的不同，习近平总书记系列讲话中将作家艺术家视为"灵魂的工程师"，将文艺视为中华民族伟大复兴进程中的重要力量，指出"文艺是时代前进的号角，最能代表一个时代的风貌，最能引领一个时代的风气"，在这一基点上鼓励探索与创新，这是对新文学观念与传统的认可、尊重与倡导。

改变之三,是"三分天下"的格局得以改观。"三分天下"是各自形成了一套相对独立的文学运转与评价系统,但习近平总书记系列讲话是对文艺界整体讲的,也是对文学界整体讲的,不仅包括纯文学(严肃文学)界,也包括通俗文学、网络文学等领域,目前通俗文学、网络文学领域已经发生了巨大的变化,比如官场小说的转型、科幻小说的兴起,以及网络小说更加关注现实题材,更加注重现实主义等,"三分天下"的格局有望在相互竞争与争鸣中形成一种新的、开放而又统一的评价体系。

但是从另一个角度来说,现在的改变仍然只是初步的,一个突出的表现是《创业史》等人民文学的经典作品虽然得到了国家与政治层面的推崇,也得到了知识界愈发深入的研究,但是在主流文学界并没有内化为重要的写作资源与参照,很多作家心目中的理想作品仍然是中国古典、俄苏19世纪批判现实主义以及欧美20世纪现代派作品,并未真正将"人民文学"作为自己可资借鉴的重要传统;另一个突出表现是习近平总书记《在文艺座谈会上的讲话》发表已经5年,但并没有真正出现"以人民为中心的创作导向"的经典作品,现有的艺术性较高的优秀作品并没有坚持以人民为中心的创作导向,而有些试图坚持以人民为中心的创作导向的作品则在思想性、艺术性上存在不少缺憾,并没有达到更高层次上的融合与统一。这似乎也很难归咎于作家努力得不够,一个人思想观念的转变是艰难的,而新时期以来"人民文学"及其传统的不断边缘化,红色文学被贬低几乎成为文学界的集体无意识,要转变这样的观念,需要我们做出更加艰苦的努力。

在今天,我们需要在新的时代背景下重新认识"人民文学"的合理性与历史经验,重新梳理新中国前三十年与后四十年文学的关系,重新理解文学与人民、时代、生活的关系，面对21世纪正在渐次展开的历史，我们应该从"人民文学"中汲取理想主义等稀缺性精神资源，从而创造中国文学新的未来。

在这种情况下，青海人民出版社编辑出版的《时代记忆文丛》显示了历史性与前瞻性的眼光，将对重新认识和发掘"人民文学"的精神资源，传承"人民文学"的优秀传统产生重要影响。此套丛书邀请前沿学者或熟谙作品的作者子女选编人民文学代表作家的代表作品，选编丁玲、贺敬之、郭小川、李季、艾青、臧克家、赵树理、孙犁、田间、李若冰等经典作家。每种选编作品前置有一篇序言，系统介绍作家生平、创作，梳理关于他们的研究史与评价史，既有历史与文学价值，也具有新时代的眼光与视野，可以让我们看到这些文学前辈是如何在与时代、人民、生活的融合中进行艺术创作的，他们的经验值得我们借鉴，他们的作品值得我们学习。新时代的中国作家只有自觉地继承"人民文学"的传统，才能在"坚持以人民为中心的创作导向"中大有作为，我们期待这套丛书能够为新时代作家的艺术创作提供可资借鉴的资源，也期待这套丛书能受到广大读者的喜爱与欢迎。

2019年10月28日

代序

他在人民中间

李瑛

李季同志是一位出色的文学组织活动者，在文艺工作的组织领导方面，做了大量卓有成效的工作；他又是一位优秀的编辑工作者，积极关心全国专业和业余作家的创作和生活，热情帮助和培养了一大批优秀人才。在这些繁重的工作之余，他又以锲而不舍的精神从事诗歌创作。

我是1950年初在武汉认识他的。那时他主持《长江文艺》，我在中南军区新华分社工作；从那时起，他就给了我许多热情的帮助。后来我调到北京，接着就去参加抗美援朝，直到他调来北京，我回国后，我们才又相见。

我在《解放军文艺》编辑部工作时，得到他不少支持。他的《杨高传》《玉门儿女出征记》《向昆仑》《石油大哥》等长篇叙事诗，都是我向他约来发表的。在我和他的接触中，他平易近人的质朴作风，他对自己作品谦逊而又认真的态度，以及他严谨的治学精神，都给我留下了很深的印象。

说起李季，大家都会十分自然地把他与他写的《王贵与李香香》这篇标志着中国新诗发展史的一个重要新阶段、一个里程碑式的作品联系在一起。是的，可以说自1943年他到陕北学习民歌收集民歌并用民歌的形式进行创作起，到他去世的近四十年中，在中国的各个历史时期，都回响着他充满热情的歌声。

他把自己投入火热的生活，他的心始终和祖国的心一起跳动。尽管并不是他的所有作品都达到了同样成熟的水平，但重要的是他确实是诗歌园地里一位永不满足的辛勤开拓者；一位真正地抒人民之情、叙人民之事的诗人；一位对人民始终有深厚感情、始终坚持不懈地探寻着诗歌民族化、大众化道路并不断努力提高自己创作质量的诗人；是一个具有独特艺术个性的淳朴的诗人。

中国新诗在"五四"之后有了很大的发展，白话诗打破了古典诗的种种限制和束缚，实现了诗体的大解放，生动地反映了当时反帝反封建的勇猛激进的时代精神，教育了广大知识分子。但是，在一个不短的时期内，即使是新诗，也存在着一个根本性的缺点，即未能与劳动人民很好地结合。究其根源，主要在于诗人和劳动群众在思想感情上没有很好地结合。新诗如何打破隔阂、消除与人民群众之间的距离是一个重要的问题。对此，一些诗人也曾提出并进行过思考，但除少数人外，问题并没有得到很好的解决。而李季同志给我们做出的榜样有如下三点：

一、和劳动人民相结合

自1939年7月从延安抗日军政大学毕业到1942年底，他在太行山的八路军中与日本侵略者进行过多次战斗，这期间还负过伤。1939年底，他已经成长为八路军中的一名营指导员。1940年8月至1941年1月，他参加了"百团大战"。1942年5月，三万余日军突袭了位于山西辽县（今左权县）麻田镇的八路军总部。突围时左权副总参谋长被炮弹击中倒下时他就在不远处，目睹了手握左轮手枪的左权将军倒下，望着他走到哪儿都带着的那套《鲁迅全集》被炸成满天飘飞的纸页，那一刻他心痛如剜，也让他永生难忘！

"五月大扫荡"突围出来后，他跟着一支武工队从晋东辗转了三个多月到了延安。西北局组织部分配他到陕北三边地区做地方政府工作。这期间，他在小学教过书，做过县政府的政务秘书，担任过《三边报》报社社长，在绥德编过《边区群众报》。从参加抗战到1949年，他始终生活在战斗中、生活在基层中、生活在最底层的百姓中。

1949年以后，他想再回到三边乡村去。后来，全国大规模建设，特别是原先极为薄弱的工业建设开始了。1952年冬，他毅然举家搬到甘肃玉门这个十分偏僻艰苦的地方，这需要很大的勇气和决心。他在玉门油矿担任党委宣传部部长，在那里一待就是两年。

离开玉门后，他到了"荆江分洪工程"和"引洮工程"的重点建设工地；20世纪60年代，他又多次到北大荒参加了那里的大庆石油大会战；之后又满腔热情地跑遍了克拉玛依、川中、柴达木、大港、胜利等全国各个油区，他忠实地实践着先做群众的学生，然后才是群众的先生；先是群众当中的一员，然后才是作家。

正像他自己说的，他要"把自己变成一个不折不扣的当地人"。他认为要准确地反映劳动人民的生活，反映他们的思想感情和心灵世界，就必须首先了解他们。而要了解他们，则必须到劳动人民中间去。这不是只靠简单的主观愿望就能解决的，必须在实践中去认识他们，熟悉他们，加深对他们的热爱，和他们相通，这样才能真正进入他们的内心，理解他们的痛苦和欢乐、愿望与呼声。他把劳动人民当成哺育自己的母亲，所以才使他的作品的脉搏和劳动人民的脉搏始终跳动在一起。

二、深入生活、热爱生活

深厚的生活土壤是作家创作的基础。李季是一个贫苦农民的儿子。他的童年和少年时代的境遇，使他从小就了解生活的艰辛。参加八路军与日本侵略者的多次战斗和后来在陕北三边的工作经历，又使他能较广泛地接触和熟悉人民的斗争和生活。他很快地成长起来，成熟起来。他真正寻到了人生的价值。

他有明确的建设新世界的信念，因此这使他更加热爱艰苦紧张的生活。他不是为自己或少数人而活着，他摆脱了狭隘的感情。他热爱人民，热爱生活和艺术，他不愿把自己仅仅作为一个生活的旁观者，也不愿停留在做一个生活的采访者采风者。他不满足于仅仅是体验生活，而是把自己作为生活中的一员来写作，他努力使自己深入到劳动人民的生活和心灵深处来写作。

三、继承民族文化和优秀遗产，向民间文艺学习

他少年时代经常接触艺人们的书场，从河南的鼓儿词、曲子戏和民间说唱艺人那里寻找精神寄托。老家桐柏山区的山歌、田歌，南阳一代保留的中州音韵的灯歌，正是这些给他后来的创作以深刻的影响。到陕北后，那里通俗的民间文艺形式，特别是陕北信天游，给了他丰富的养分。他始终认为，民间艺术形式是劳动人民所喜闻乐见的，又最适于生动深刻地表现人民的思想和情感。那时他还曾用章回体的形式发表过通俗小说。

在三边的近五年中，他跨过一道道山，攀过一道道梁，一个字一

个字地从老百姓那里收集了几千首未经文人加工的原始信天游,这对保留陕北民间文化是一个了不起的重大贡献。如果没有他在20世纪40年代初期到中期的辑录,许多民间文明的记忆就永远地流失了。

在《王贵与李香香》发表并取得成功后,他又吸取了湖南"盘歌"的民歌形式,写出了表现湖南底层艺人生活的长篇叙事诗《菊花石》。此后,他又考虑创作早就想写的规模更大的《杨高传》。他认为,信天游、盘歌等比较单纯的形式,难以表现时间和空间都更为广阔、情节更为复杂的社会生活,因为他既要塑造人物形象,又要交代错综的矛盾和情节,同时,还需要对生活环境、具体细节等进行描绘,还要有充沛的诗的激情。这是一个十分繁重的课题。于是他便采用了比较自由的以叙事为主的鼓词形式,既能说唱故事,又能抒发情感。

在向优秀的民族遗产和民间文艺的学习上,他采用这种群众喜爱的通俗的形式,同时又注意了与诗歌的结合。他不满足于民间的旧形式,努力发展和创造出民族的新形式,这是他又一次勇敢的尝试。

尽管他在一次次尝试中所写的这些作品,程度不等地存在着一些缺点,甚至是明显的缺陷;即使是他的主要作品,也难免有不足之处,但把他这些大胆的尝试和探索,放在认识中国诗歌发展的方向这一意义上来看,我认为是显示了中国诗歌发展的一条健康的道路。

可以说,他的一生都是站在底层,站在劳动人民的立场上,孜孜不倦地致力于探索怎样才能使诗更容易地被广大人民群众所接受。他的这些具有重要意义的创作实践对中国新诗的发展产生了深远的影响。

他深情地热爱着人民,他创造性地运用民间艺术形式所写出的这些作品,散发出了强烈的民族气派和鲜明的民族风格。

从朴实无华、不事雕琢的浑厚中,表达出他深沉浓郁的炽热的情感。因此我认为,作为一个诗人,无论在与劳动人民的结合上,在深入生活、热爱生活上，还是在继承民族文化的优秀遗产和向民间文艺的学习上，在我们的诗歌队伍中，他是做得很突出的一个。在致力于解决新诗与劳动人民的结合这个问题上，他为我们做出了榜样。

新时期中，越是注意吸收和借鉴某些国外的对我们有益的东西，越是要认真研究坚持和继承中华民族、民间的好东西。诗人在创作中一定要依据自己的民族生活，创造自己的形象世界，要熔铸进自己民族的历史文化传统、心理素质和审美理想。

那种民族虚无主义的态度，或者忽视和轻视自己民族、民间的东西的思想是错误的。今天研究李季的诗歌创作，结合我们今天诗歌创作的实际和各方面的新情况，进行认真严肃的思考，无疑具有深刻的教育意义和重要的启示作用。

1991 年 4 月

目录

王贵与李香香　001
白发与皱纹　049
三边人　052
报信姑娘　056
只因为我是一个青年团员　072
菊花石（节选）　077
列宁格勒有一个青年　099
石油河　101
阳关大道　103
月牙泉　105
夜光杯　106
将军　108
我们的油矿　111
致北京　113
我站在祁连山顶　115
黑眼睛　117
红头巾　119
正是杏花二月天　121
柴达木小唱　123
柴达木一青年　125

旗　　　　130
油砂山　132
谢谢你的手风琴　135
我想念　137
怀石英　138
致水手　140
黄浦公园　　　145
南京素描　　　146
这儿永远是春天　147
江南草　148
玄武湖的秋天　150
向西去!　　　151
玉门人
　　——赠一个即将到新矿区去的同志　152
最高的奖赏　153
出了嘉峪关　155
春节寄友人　157
悼
　　——写于一个石油工人墓前　159
回三边　164
车过鸟鞘岭　168
难忘的春天　170
一听说冷湖喷了油　　　188

访南充　191
白桦与青松
　　——寄一个苏联同志　193
"和歌"三篇　195
喜见延安一同志　197
海誓　199
借刀
　　——一个日本的民间传说　210
东西南北任我闯（歌词）　216
天上边有云（歌词）　218
招魂灯　219
那时候在太行山
　　——京太线车中一夕谈　222
向昆仑　226
赠杨合厚同志　259
自勉诗　260
故事影片《啊！摇篮》（歌词）　261
葡萄的传说　264
荆江铁女　274

王贵与李香香

第一部

一 崔二爷收租

公元一九三零年,
有一件伤心事出在三边①。

人人都说三边有三宝,
穷人多来富人少。

一眼望不尽的老黄沙,
哪块地不属财主家?

一九二九年雨水少,
庄稼就像炭火烤。

---

① 三边,指陕西省西北部的靖边、安边、定边等地而言。

瞎子摸黑路难上难，
穷汉就怕闹荒年。

荒年怕尾不怕头，
第二年的春荒人人愁。

掏完了苦菜上树梢，
遍地不见绿苗苗。

百草吃尽吃树干，
捣碎树干磨面面。

二三月饿死人装棺材，
五六月饿死没人埋！

窖里粮食霉个遍，
崔二爷粮食吃不完。

穷汉饿得皮包骨，
崔二爷心狠见死他不救。

风吹大树嘶啦啦响，
崔二爷有钱当保长。

一个算盘九十一颗珠,
崔二爷牛羊没有数数。

三十里草地二十里沙,
哪一群牛羊不属他家?

烟洞里冒烟飞满天,
崔二爷他有半个天;

县长跟前说上一句话,
刮风下雨都由他。

天气越冷风越紧,
人越有钱心越狠!

天旱庄稼没收成,
庄户人家皱眉头;

打不下粮食吃不成饭,
崔二爷的租子也难还。

饿着肚子还好过,
短下租子命难活!

王麻子三天没见一颗米,
崔二爷的狗腿子来催逼。

舌头在嘴里乱打转,
王麻子把好话都说完:

"还不起租子我还有一条命,
这辈子还不起来世给你当牲畜。"

"短租子,短钱,短下粮——
老狗你莫非想拿命来抗?"

一句话来三瞪眼,
三句话来一马鞭。

狗腿子像狼又像虎,
五十岁的王麻子受了苦。

浑身打烂血直淌,
连声不断叫亲娘。

孤雁失群落沙窝,
邻居们看着也难过。

"冬天穿皮袄为避风,
王麻子短租谷不短你的命；

"房子家产由你们挑,
打死他租子也交不了。"

毛驴撞草垛没有长眼,
狗腿子不长人心肝。

一根棍断了又一根换,
白落红起不忍心看。

太阳偏西还有一口气,
月亮上来照死尸。

拔起黄蒿带起根,
崔二爷做事太狠心；

打死老子拉走娃,
一家人落了个光塌塌！

冬天里草木不长芽,
庄户人活得不如牛马。

二　王贵揽工

王麻子的娃娃叫王贵，
不大不小十三岁。

崔二爷来好打算，
养下个没头长工常使唤；

算个儿子掌柜的不是大①，
顶上个揽工的不把钱花。

羊羔子落地咩咩叫，
王贵虽小啥事都知道。

牛驴受苦喂草料，
王贵四季吃不饱。

大年初一饺子下满锅，
王贵还啃糠窝窝。

穿了冬衣没夏衣，
六月天翻穿老羊皮。

秋天收庄稼一张镰，
磨破了手心还说慢。

①陕北人把父亲叫作"大"。

冬天王贵去放羊，
身上没有好衣裳；

脚手冻烂血直淌，
干粮冻得硬邦邦；

心想拔柴放火烤，
雪下的柴儿点不着。

马兰开花五瓣瓣，
王贵揽工整四年。

冬天雪大来年冬麦好，
王贵就像麦苗苗。

十冬腊月雪乱下，
王贵想起他亲大；

老牛死了换上牛不老[①]，
杀父深仇要子报。

三　李香香

百灵子雀雀百灵子蛋，
崔二爷家住死羊湾。

---

① "牛不老"即小牛。

大河里涨水清混不分,
死羊湾有财主也有穷人。

死羊湾前沟里有一条水,
有一个穷老汉李德瑞。

白胡子李德瑞五十八,
家里只有一枝花。

女儿名叫李香香,
没有兄弟死了娘。

脱毛雀雀过冬天,
没有吃来没有穿。

十六岁的香香顶上牛一头,
累死挣活吃不饱。

羊肚子手巾包冰糖,
虽然人穷好心肠。

玉米结籽颗颗鲜,
李老汉年老心肠软。

时常拉着王贵的手,
两眼流泪说:"娃命苦!

"年岁小来苦头重,
没娘没大孤零零。

"讨吃子住在关爷庙,
我这里就算你的家。"

刮风下雨人闲下,
王贵就来把柴打。

一个妹子一个大,
没家的人儿找到了家。

四　掏苦菜
山丹丹开花红姣姣,
香香人才长得好。

一对大眼水汪汪,
就像露水珠在草上淌。

二道糜子碾三遍,
香香自小就爱庄稼汉。

地头上沙柳绿蓁蓁,
王贵是个好后生。

身高五尺浑身都是劲,
庄稼地里顶两人。

玉米开花半中腰,
王贵早把香香看中了。

小曲好唱口难开,
樱桃好吃树难栽;

交好的心思两人都有,
谁也害臊难开口。

王贵赶羊上山来,
香香在洼里掏苦菜。

赶着羊群打口哨,
一句曲儿出口了:

"受苦一天不瞌睡,
合不着眼睛我想妹妹。"

停下脚步定一定神,
洼洼里声小像弹琴:

"山丹丹花来背洼洼开,
有那些心思慢慢来。"

"大路畔上的灵芝草,
谁也没有妹妹好!"

"马里头挑马四银蹄,
人里头挑人就数哥哥你!"

"樱桃小口糯米牙,
巧口口说些哄人话。

"交上个有钱的花钱常不断,
为啥要跟我这个揽工的受可怜?"

"烟锅锅点灯半炕炕明,
酒盅盅量米不嫌哥哥穷。

"妹妹生来就爱庄稼汉,
实心实意赛过银钱。"

"红瓤子西瓜绿皮包,
妹妹的话儿我忘不了。

"肚里的话儿乱如麻,
定下个时候说说知心话。"

"天黑夜静人睡下,
妹妹房里把话拉。

"满天的星星没月亮,
小心踏在狗身上!"

五　两块洋钱
太阳落山红艳艳,
香香担水上井畔。

井里打水绳绳短,
香香弯腰气直喘。

黑呢子马褂缎子鞋,
洼洼里来了个崔二爷。

一颗脑袋像个山药蛋,
两颗鼠眼笑成一条线。

张开嘴瞭见大黄牙,
顺手把香香捏了一把:

"你提不动我来帮你提,
绣花手磨坏怎个哩?"

"崔二爷你守规矩,
毛手毛脚干啥哩!"

"小娇娇你不要恼,
二爷早有心和你交。

"大米干饭羊腥汤,
主意早打在你身上。

"交了二爷多方便,
吃喝穿戴由你拣。"

香香又气又害羞,
担上水桶往回走。

崔二爷紧跟在后边,
腰里摸出来两块钱:

"二爷给你两块大白洋,
拿去扯两件花衣裳。"

香香的性子本来躁,
自幼就把有钱人恨透了。

一恨一家吃不饱,
打下的粮食交租了;

二恨王贵给他揽工,
没明没夜当牲畜。

脸儿红似石榴花:
"谁要你臭钱干什么!"

"死丫头你不要不识好,
惹恼了二爷你受不了!"

挨骂狗低头顺着墙根走,
崔二爷的醋瘾没有过够:

"井绳断了桶掉井里头,
终久脱不过我的手。

"放着白面你吃饸饹,
看上王贵你看不上我!

"王贵年轻是个穷光蛋,
二爷我虽老有银钱。

"铜罗里筛面落面箱,
王贵的命儿在我手上。

"烟洞里卷烟房梁上灰,
我回去叫他小子受两天罪!"

第二部

一　闹革命
三边没有树石头少,
庄户人的日子过不了。

天上无云地下旱,
过不了日子另打算。

羊群走路靠头羊,
陕北起了共产党。

领头的名叫刘志丹,
把红旗举到半天上。

草堆上落火星大火烧,
红旗一展穷人都红了。

千里的雷声万里闪,
陕北红了半个天。

紫红犍牛自带耧,
闹革命的心思人人有。

前半晌还是个庄稼汉,
黑夜里背枪打营盘。

打开寨子分粮食,
土地牛羊分个光。

少先队来赤卫军,
净是些十八九的年轻人。

女人们走路一阵风,
长头发剪成短缨缨。

上河里涨水下河里浑,
王贵暗里参加了赤卫军。

白天到滩里去拦羊,
黑夜里开会走草山梁。

开罢会来鸡子叫,
十几里路往回跑。

白天放羊一整天,
黑夜不眨一眨眼。

身子劳碌精神好,
闹翻身的心劲高又高。

五个手指头不一般长,
王贵的心思和人不一样。

别人的仇恨像座山,
王贵的仇恨比天高:

活活打死老父亲,
而今又要抢心上的人!

牛马当了整五年，
崔二爷没给过一个工钱。

崔二爷来胡折腾，
修寨子买马又招兵。

地主豪绅个个凶，
崔二爷是个大坏蛋！

庄户人个个想吃他的肉，
狗儿见他也哼几哼。

众人向游击队长提意见，
早早打下死羊湾。

心急等不得豆煮烂，
定下个日子腊月二十三。

半夜先捉定崔二爷，
到天明大队开进死羊湾。

定下计划人忙乱，
——后天就是二十三。

二 太阳会从西边出来吗?

打着了狐子兔子搬家,
听见闹革命崔二爷心害怕。

白天夜晚不瞌睡,
一垛墙想堵黄河水。

明里查来暗里访,
打听谁个随了共产党。

听说王贵暗里闹革命,
崔二爷头上冒火星!

拦羊回来刚进门,
两条麻绳捆上身。

顺着捆来横着绑,
五花大绑吊在二梁上。

全庄的男女都叫上,
都来看闹翻身的啥下场!

连着打断了两根红柳棍,
昏死过去又拿凉水喷。

麻油点灯灯花亮,
王贵浑身扒了个光。

两根麻绳绑着胳膊腿,
捆成个鸭子倒浮水。

满脸浑身血道道,
皮破肉烂不忍瞧。

崔二爷来气汹汹,
打一皮鞭问一声:

"癞虾蟆想吃天鹅肉,
穷鬼们还能闹成个大事情?

"撒泡尿来照照你的影,
贼眉鼠眼还会成了精!

"五黄六月会飘雪花?
太阳会从西边出来吗?"

"老狗你不要耍威风,
大风要吹灭你这盏破油灯!

"我一个死了不要紧,
千万个穷汉后面跟!"

"王贵你不要说大话,
数来算去咱们是一家。

"姓崔的没有亏待过你,
猴娃娃养成个大后生。

"过罢河来你拆了桥,
翅膀硬了你忘了恩。

"马无毛病成了龙,
该是你一时糊涂没想通?

"浪子回头金不换,
放下杀猪刀成神仙。

"千错万错我不怪你,
年轻人没把握我知道哩。"

"老王八你不要灌米汤,
又软又硬我不上你的当。

"世上没良心的就数你,
　打死我亲大把我当牲畜;

"苦死苦活一年到头干,
　整整五年没见你半个钱;

"三更半夜牲口正吃草,
　老狗你就把我吼叫起来了;

"没有衣裳没有被,
　五年穿你两件老羊皮;

"你吃的大米和白面,
　我吃顿黄米当过年;

"一句话来三瞪眼,
　三天两头挨皮鞭。

"姓崔的你是娘老子养,
　我王贵娘肚里也怀了十个月胎!

"你是人来我也是个人,
　为啥你这般没良心!

"我王贵虽穷心眼亮，
自己的事情有主张；

"闹革命成功我翻了身，
不闹革命我也活不长。

"跳蚤不死一股劲地跳，
管他死活就是我这命一条；

"要杀要剐由你挑，
你的鬼心眼我知道：

"硬办法不成软办法来，
想叫我顺了你把良心坏。

"趁早收起你那鬼算盘，
想叫我当狗难上难。"

崔二爷气得像疯狗，
撕破了老脸一跳三尺高。

"狗咬巴屎①人你不识抬举，
好话不听你还骂人哩！"

① 巴屎即拉屎。

说个"打"字皮鞭如雨下,
痛得王贵紧咬着牙。

一阵阵黄风一阵阵沙,
香香看着心上如刀扎。

一阵阵打颤一阵阵麻,
打王贵就像打着了她!

脸皮发红又发白,
眼泪珠噙住不敢滴下来;

两耳发烧浑身麻,
活像一个死娃娃。

为救亲人心里焦,
偷偷跑出了大门道。

一边走来一边想:
"王贵的命儿就在今晚上;

"他常到刘家圪崂去开会,
那里该住着游击队?

"快走快跑把信送,
迟一步亲人就难活命!"

三　红旗插到死羊湾
队长的哨子呼呼响,
挂枪上马人人忙。

听说王贵受苦刑,
半夜三更传命令:

"王贵是咱好同志,
再怎么也不能叫他把命送!"

二十匹马队前边走,
赤卫军、少先队紧跟上。

马蹄落地嚓嚓响,
长枪、短枪、红缨枪。

人有精神马有劲,
麻麻亮时开了枪。

白生生的蔓菁一条根,
庄户人和游击队是一条心。

听见枪声齐下手,
菜刀、鸟枪、打狗棍;

里应外合一起干,
死羊湾闹得翻了天。

枪声乱响鸡狗乱叫唤,
游击队打进了死羊湾。

崔二爷在炕上睡大觉,
听见枪声往起跳。

打罢王贵发了瘾,
大烟抽得正起劲;

黄铜烟灯玻璃罩,
银镶的烟葫芦不能解心焦;

大小老婆两三个,
哪个也没有香香好。

肥羊肉掉在狗嘴里头,
三抢两抢夺不到手。

王贵这一回再也活不成,
小香香就成了我的人。

越想越甜赛砂糖,
涎水流在下巴上。

烟灯旁边做了一个梦,
把香香抱在怀当中。

又酸又甜好梦做不长,
"噼啪""噼啪"枪声响。

头一枪惊醒坐起来,
第二枪响时跳下炕。

连忙叫起狗腿子:
"关住大门快上房!

"哪边过来哪边打,
一人赏你们十块响洋①。"

人马多枪声稠不一样,
崔二爷心里改了主张;

① 响洋即银圆。

朝霞满天似火烧,
崔二爷从后门溜跑了。

太阳出来天大亮,
红旗插在硷畔上。

太阳出来一朵花,
游击队和咱穷汉们是一家。

滚滚的米汤热腾腾的馍,
招待咱游击队好吃喝。

救下王贵松开了绳,
同志们个个眼圈红。

把王贵痛得直昏过,
香香哭着叫哥哥:

"你要死了我也不得活,
睁一睁眼睛看一看我!"

四　自由结婚

太阳出来遍地红,
革命带来了好光景。

崔二爷在时就像大黑天，
十有九家没吃穿。

穷人翻身赶跑崔二爷，
死羊湾变成活羊湾。

灯盏里没油灯不明，
庄户人没地种就像没油的灯；

有了土地灯花亮，
人人脸上泛红光。

吃一嘴黄连吃一嘴糖，
王贵娶了李香香。

男女自由都平等，
自由结婚新时样。

唐僧取经过了七十二个洞，
他们俩受的折磨数不清。

千难万难心不变，
患难夫妻实在甜。

俊鸟投窝叫喳喳,
香香进洞房泪如麻。

清泉里淌水水不断,
滴湿了王贵的新布衫。

"半夜里就等着公鸡叫,
为这个日子把人盼死了。"

香香想哭又想笑,
不知道怎么说着好。

王贵笑得说不出来话,
看着香香还想她!

双双拉着香香的手,
难说难笑难开口:

"不是闹革命穷人翻不了身,
不是闹革命咱俩也结不了婚!

"革命救了你和我,
革命救了咱们庄户人。

"一杆红旗要大家扛,
红旗倒了大家都遭殃。

"牛走田垄快马嘶,
闹翻身是咱们自己的事。

"天上下雨地下滑,
自己跌倒自己爬。

"太阳出来一股劲地红,
我打算长远闹革命。"

过门三天安了家,
游击队上报名啦。

羊肚子手巾缠头上,
肩膀上背着无烟钢。

十天半月有空了,
请假回来看香香。

看罢香香归队去,
香香送到沟底里。

沟湾里胶泥黄又多,
挖块胶泥捏咱两个;

捏一个你来捏一个我,
捏得就像活人脱。

摔碎了泥人再重和,
再捏一个你来再捏一个我;

哥哥身上有妹妹,
妹妹身上也有哥哥。

捏完了泥人叫哥哥,
再等几天你来看我。

第三部

一　崔二爷又回来了
大红晴天下猛雨,
鸡毛信传来了坏消息。

拿了鸡毛信不住气地跑,
压迫人的白军又来了!

游击队连夜开到白军后边去,
上级命令打游击。

吹起哨子背起枪,
王贵没顾上去看香香。

死羊湾夜里听到信,
第二天大清早白军进了村。

白军个个黑丧着脸,
就好像谁都短他们二百钱。

东家搜来西家问:
谁家有人随了红军?

谁家分了牛和羊?
谁家分地又分房?

牛四娃分了一孔窑,
三查两问查出来了。

崔二爷的大门宽又高,
两根麻绳吊起了。

两把荆条一把刺,
浑身打成血丝丝!

白军连长没头鬼,
叉着手来咧着嘴:

"干井里打不出清水来,
天生的穷骨头想发便宜财!

"阎王爷叫你当穷汉,
斜头歪脑还想把身翻。

"仗着你红军老子势力大,
屎壳郎还想推泰山!"

绳子捆来刺刀逼,
崔二爷的东西都要回去。

狗腿子开路狼跟在后边,
崔二爷又回到死羊湾。

长袍马褂文明棍,
崔二爷他进了村。

东家溜来西家串:
"想发我姓崔的洋财是枉然;

"前朝古代也有人造反,
这些事情不稀罕。

"世上有怪事,天上也一样,
天狗还能吃月亮?

"嘴里吃来屁股里巴,
月亮还是亮光光。

"自古一正压百邪,
妖魔作乱不久长。

"真龙天子是个谁,
死羊湾的天下还姓崔!"

本性难改狗吃屎,
崔二爷对香香心还没死。

打发李德瑞去支差,
崔二爷来到他家里。

露着牙齿只是个笑:
"小香香我又回来了,

"过去的事情我全不记,
只要你乖乖地跟我去。

"你那红军老汉跑得没影踪,
活活守寡我心里不安生;

"不要再任性,你跟上我,
有吃有穿真受活。"

又羞又气又害怕,
香香低头不说话。

崔二爷当她顺从了,
浑身发痒心里似火烧。

屋里没人崔二爷胆子大,
照着脸上捏了一把;

顺水推舟亲了一个嘴,
——大白天他想胡日鬼①!

① "胡日鬼"即胡来、胡搞。

香香气急往外跑,
一边跑来一边叫。

崔二爷满脸堆笑把门堵:
"女人家做事好糊涂!"

说着说着又上前,
香香把唾沫吐了他一脸;

双脚乱踢手乱抓,
狗脸上留下了两个血疤疤。

邻居们都来看热闹,
崔二爷害臊往回跑。

临走对着香香说:
"看你闹的算个啥?

"打开窗子把话挑个明,
这一回你从也要从,不从也要从!"

二　羊肚子手巾

崔二爷他把良心坏，
李德瑞支差一去不回来。

老雀死了公雀飞出窠，
香香一个人怎过活？

有心去找游击队，
狗腿子照住身后随。

又送米来又送面，
崔二爷想把香香心买转。

请上这个央那个，
一天来劝两三遍；

硬的吓来软的劝，
香香至死心不变。

一天哭三回，三天哭九转，
铁石的心儿也变软。

人不伤心不落泪，
羊肚子手巾水淋淋。

羊肚子手巾一尺五,
拧干了眼泪再来哭。

房子后边土坡坡,
瞭见寨子外边的黄沙窝。

沙梁梁高来沙窝窝低,
照不见亲人在哪里。

房子前边种榆树,
长得不高根子粗;

手扒着榆树摇几摇,
你给我搭个顺心桥!

隔窗子瞭见雁飞南,
香香的苦处数不完。

人家都说雁儿会带信,
捎几句话儿给我心上的人:

"你走时树木才发芽,
树叶落净你还不回家!

"马儿不走鞭子打,
人不能回来捎上两句话;

"一疙瘩石头两疙瘩砖,
你不知道妹妹有多难!

"满天云彩风吹乱,
咱俩的婚姻叫人搅散。

"五谷里数不过豌豆圆,
人里头数不过咱俩可怜!

"庄稼里数不过糜子光,
人里头数不过咱俩凄惶!

"想你想得吃不进去饭,
心火上来把嘴燎烂。

"阳洼里糜子背洼里谷,
哪垯想起你哪垯哭!

"端起饭碗想起了你,
眼泪滴到饭碗里。

"前半夜想你点不着灯,
后半夜想你天不明;

"一夜想你合不着眼,
炕围子上边画你眉眼。

"叫一声哥哥快来救我,
来得迟了命难活;

"我要死了你莫伤心,
死活都是你的人。

"马高蹬短扯首长,
魂灵儿跟在你身旁。"

刘二妈来好心肠,
香香难过她陪上。

得空就来把香香劝:
"可怜的娃娃不要心伤!

"有朝一日游击队回来了,
公仇私仇一齐报;

"活捉崔二爷拿绳绑,
狗腿子白军一扫光!"

三十三颗荞麦九十九道棱,
伤心过度香香得了病;

天不下雨庄稼颜色变,
面黄肌瘦改了容颜。

带病做了一双鞋,
含泪交给刘二妈:

"二妈!这双鞋托付你,
我死后一定要捎给他。

"送去鞋子把话捎:
他只能穿我做这一双鞋子了!"

三 团圆

崔二爷来发了火:
"死丫头这样不抬举我!"

黑心歪尖赛虎狼,
下了毒手抢香香。

七碟子八碗摆酒席,
看下的日子腊月二十一。

崔二爷娶小狗腿子忙,
坐席的净是连排长。

每个当兵的赏了五毛钱,
猜拳赌博闹翻天。

香香哭得像泪人,
越想亲人越心伤。

红绸子袄来绿缎子裤,
死拉硬扯穿上身。

香香又哭又是骂:
"姓崔的你怎么不娶你老妈妈!

"有朝一日遂了我心愿,
小刀子扎你没深浅!"

听见只当没听见,
崔二爷炕上抽洋烟;

过足了烟瘾去看酒,
推推让让活像一群咬架狗。

你敬我来我敬你,
烧酒喝在狗肚里。

你恭喜来他恭喜,
崔二爷好比是他亲大哩。

崔二爷来笑嘻嘻:
"薄酒蔬菜大家要原谅哩;

"我娶这小房靠大家,
众位不帮忙就没办法。

"本来该叫她来敬敬酒,
酬劳诸位多辛苦;

"脑筋不转只是个哭,
往后闲了再叫她补。

"这个女人生来贱,
看不上有钱的爱穷汉。

"穷骨头王贵争又抢,
胳膊扭大腿他犯不上。

"我和她这婚姻天配就,
鹁鸽子没脱出我的手。

"从来肥羊大圈里生,
穷鬼们啥也闹不成。

"说来说去还是那句话:
太阳会从西边出来吗?"

喝酒赌博寨门口没放哨,
游击队悄悄进来了!

枪声一响乱喊"杀",
咱们的游击队打来啦!

一人一马一杆枪,
咱们游击队势力壮!

大刀、马刀、红缨枪,
马枪、步枪、无烟钢。

白军当兵的哪个愿打仗，
乖乖地都给游击队缴了枪。

点起火把满寨子明，
庄户人个个来欢迎。

连排长没兵酒席桌前干着急，
崔二爷怕得钻进炕洞里。

连长跑了抓排长，
一个一个都捆上。

崔二爷浑身软不塌塌，
捆一个"老头来看瓜"。

连长翻身往外跳，
冷不防被牛四娃抓定了。

听见枪响香香笑，
十成是咱游击队打来了；

人逢喜事精神爽，
翻起身来跳下炕。

走起路来快又急,
看看我亲人在哪里?

队长跟前请了假,
王贵到上院来找她。

满院子火把明又亮,
不见我妹妹在哪厢?

远远瞭见一个新媳妇,
下身穿绿上身红。

马有记性不怕路途长,
王贵的模样香香不会忘;

羊肚子手巾脖子里围,
不是我哥哥是个谁?

两人见面手拉着手,
难说难笑难开口;

一肚子话儿说不出来,
好比一条手巾把嘴塞。

挣扎半天王贵才说了一句话：

"咱们闹革命，革命也是为了咱！"

1945年12月于陕北三边

白发与皱纹

一

几许年华之后,当我们的
孩子长大的时候,
他若是向我发问:
——爸爸,为什么
　您白发满头?
　在您的面额上,
　又为什么
　布满了皱纹如沟?

二

亲爱的,我将
怎么回答他呢?

三

我将对他说:
——知道这原因的,
 只有你母亲一人;
 能够回答你的,
 也只有你的母亲。
 她将会对你说:
 长期的艰难苦辛,
 还有,更重要的——
 在我向她求爱时,
 她曾冷酷地折磨过
 我痛苦的心。
 从此
 深沟似的皱纹,
 在我的面额上,
 刻下了烙印;
 从此
 银白色的寒霜,
 遮满了我乌黑的
 头发和双鬓。

四

不对,我的父亲,
您不是故意骗我,
就是冤屈了我的母亲。
看您俩,现在亲热地
活像一个人似的,
我怎么也不会相信,
那时候,她呀,
她会那样冷酷;
她的心,
竟会那样狠!

1948 年 10 月

三边人

在沙家店①战斗的前几天,
旅部里来了一百多担架队员。
他们都是绥德分区的,
只有六个人的家住在三边。

一样树开的一样花,
三边人穿戴不一般:
身上披的羊皮袄,
红毛线的长围巾系在腰间。

肩膀上扛着担架杆,
脊背上背的毛线毯,
行军时不爱多说话,
唱起"顺天游"②来,
山这边能听到山那边。

① 沙家店在陕北米脂县,1947年8月20日,人民解放军在此歼灭胡宗南匪部36师。此役根本改变了西北战场的形势。西北战场,自此即开始反攻。

② 陕北最流行的民歌,两句一节。

有的人讥笑三边人胆小怕死,
还说他们一辈子只洗两回脸。
开玩笑也称他们是沙老鼠,
三边人听见装作没听见。

沙家店战斗打响了,
六个三边人跟着机炮连。
他们好像都是铁石铸的人儿,
一黑夜搬运了十二趟大炮弹。

连长叫他们隐蔽休息,
他们却偷偷地蹿上了火线。
帮助炊事员送饭送水,
紧跟在战士们的身边。

机枪射手受了伤,
他们抬着送往换药站。
刚要经过一段开阔地,
离他们几步远的地方,
落下了一颗大炮弹。

好像早就商量好了,
他们把担架放到地面。
为了不使炮弹炸着伤兵,

六个人争着跑上前去,
用身体把伤员遮掩。

伤兵同志可以证明:
"我亲眼看见炮弹爆炸了,
两个人炸得不像人样,
这四个炸伤了,倒在一边。"

火线救护组赶来抬走了伤兵,
也抬走了四个受伤的担架队员。
在医院里他们一天又说又笑,
好像他们并没有受伤,
好像炮弹并没有把他们的手脚炸断。

战斗结束了,
人们都把他们的故事讲谈。
虽然他们六个都不在场,
大家对他们的称赞,
却传遍了各团各连。

这个说:
三边人最不怕死,
他们都是钢骨铁胆;
那个说:

他们腰里扎的红围巾,

简直和咱们帽子上的红星一样好看。

这个说:

他们不是沙老鼠而是沙老虎;

那个说:

他们唱起"顺天游",

和咱们军号听的一般远。

还是指导员会做结论,

他说:

不论延属、陇东、关中,

也不论是绥德或是三边,

边区人民都受过毛主席的教育,

边区的每个老百姓,都不能轻看!

1949 年冬于武汉

报信姑娘

县名村名不必说它,
姓甚名谁难以访查,
人们都叫她报信姑娘,
说她是三边姑娘中的鲜花。

她的故事说来太长,
东西庄的说法都不一样:
有的说:今天她还活着;
有的说:她已死在报信的那个晚上。

像她这样的姑娘,
谁不希望她活上一百年;
不过说句实在话,
姑娘确实已经不在人间。

姑娘虽然死了,
她的名字却还活在人们心上,
放羊的天天唱着她的曲儿,
你说:这和她活着有什么两样?

一

姑娘今年几岁啦?
摸着指头算算吧:
一九三五年三边起革命,
那时她才是个五岁的女娃娃。

自从这时起,她就像
咱们边区的流水账:
革命遭难她也受苦,
革命发展她就幸福。

一九三五年冬天,白军来侵犯,
看见穷人就像饿狼红了双眼。
妈妈抱她夜夜在滩里睡觉,
姑娘的小腿儿冻得弓一样弯。

旱苗儿见雨又青又旺,
边区天天巩固,姑娘天天长。
姑娘越长越好看,
就像她家的光景一天强似一天。

虽然生在边区,却没有见过毛主席,
十七岁的姑娘,也不是共产党员。
可是,她却懂得新社会,
她知道:毛主席就是要咱们有吃有穿。

合作社主任来到姑娘家,
姑娘殷勤地擀着荞面招待他,
红着脸说了一句心里话:
"借一架纺车,我也纺棉花。"

不怕黑夜长,不怕太阳慢,
姑娘的纺车,一天摇到晚。
过路的脚户笑着说:
"小小的姑娘胳膊倒不短!"

不是姑娘胳膊比人长,
是她的心思和人不一样。
小小脑袋打的小算盘:
她也要当个劳动英雄上延安。

乡长指导员骑着大白马,
喜气洋洋地来到姑娘家。
不是来组织变工队,
也不是来把妇纺工作检查。

干部们不光为群众生产操心,
今天他们也来当起媒人。
姑娘的父母想得周到,
从地里叫她来一起商讨。

不要看她在妇纺会上敢说会道,
今天却也羞红了脸蛋,
拧着衣裳角含羞带笑,
眼看着地下开腔发言:

"咱是个拐腿女子,
本来不该把人挑选;
不过,这是我一辈子的大事,
我也要说点意见。

"如今咱们是新社会,
只论劳动不讲银钱,
我只想:两人都是好劳动,
做个榜样给全乡人看看。"

老乡长喜欢,指导员笑,
大拇指举得比头高:
"到底是咱新社会的姑娘,
几句话把人喜得心里发痒。"

指导员从门外领进来一个青年,
谁还不认得,这个全乡有名的基干连长。
虽然今天他特别换了一身新衣裳,
姑娘认得清呵——春秋两季都在一起开荒。

姑娘一闪身向外溜跑,
屋子里连扫帚也在欢笑,
笑着这新社会的订婚礼,
笑着这一对青年人配得这么好!

二

一九四七年的春天来得这么晚,
已经四月了,南山的积雪还没有化完。
今年的风沙劲头特别大,
就像什么凶兆,整天里天昏地暗。

姑娘像一只热炕上的蚂蚁,
从白天到黑夜坐立不安。
什么事气恼了我们的姑娘,
你看她紧咬着嘴唇直瞪着眼。

不要怪姑娘容易气恼,
回头把全村人都叫来瞧瞧:
已经过了清明还没有人赶牛耕地,
村里的年轻人也不知都到哪里去了。

听不见合作社的算盘响,
学校里再没有娃娃把歌来唱。
看不见乡干部来动员春耕,
也不见了背着挂包的老乡长。

白天,人们都紧皱着眉头,
全村里听不到一句笑谈,
哪一双眼睛里都含着仇恨,
就像是什么瘟疫,每个人都受了传染。

一到黑夜,情形可不一般:
青年组织担架队,妇女把军鞋捐献,
有粮的农民拥挤着缴出军粮,
谁不知道:咱边区而今正遭大难。

胡宗南出兵占了咱们延安,
马鸿逵出兵占了咱们定边;
咱们的人暂时撤进山里,
统治着村子的是数不清的灾难。

像是有什么心事,
姑娘天天长吁短叹,
两个苹果似的脸蛋,
变得像冬天的梨皮一般。

少女最亲近的就是母亲,
姑娘的妈妈实在忧心如焚。
端起饭碗,姑娘就把眉头紧皱,
妈妈抱着姑娘,开腔发言:

"是因为做军鞋,妈没给你买新布?
还是因为打仗,耽误了你们成亲?
到底是为什么终日愁眉苦脸,
快给妈妈说呀,我的小亲亲!"

"不是为军鞋布不合我的心,
更不是烦恼着我们不能按日子结婚;
我只想跟上担架队,也到山里去,
到南山去找咱们的人!"

"我的傻丫头,你真会胡想,
一个女孩子家怎么能去打仗?
想见咱们的人,那还不容易——
马鸿逵这伙短命鬼还能久长!"

"妈,你倒会说宽心话,
这样的日子,叫女儿怎么过法?
那伙卖脑的整天乱窜,
一见那贼眉鼠眼心都要炸!

"乡长指导员都走了,
再不能开会听讲话。
合作社的货物也都坚壁起来了,
想纺线线也没有棉花。

"妈呀,你为啥不把我生成个男娃娃,
也好跟上那些小伙子们一路去抬担架。
我看这日子不要再过多久,
就会把我熬煎得满头白发!"

三

哪一次旱涝不伴随着荒年,
哪一个夜晚不伴随着黑暗,

既然是兽性统治的地方，
野兽的行为就不算稀罕。

不忍心看哪，在小学校的操场上，
活活地杀死了两个妇女，一个老汉。
他们都是战士家属，
"罪状"是拒绝捎话叫家人回还。

他们死得可真像样，
三个人临死时还硬赛坚钢，
好像就只会说一个"不"字，
对着枪口，他们还不改腔！

死得最惨的是那个老汉，
身上总扎了一千个刺刀眼；
那个妇女，再过几天就要坐月子，
强盗们剖开了肚子，血流几尺远！

就是禽兽也没有这样残忍，
马匪军下命令：不准掩埋尸身。
他们想用这样的办法显显威风，
他们想拿这来吓唬咱边区的人。

谁用针尖刺痛了我们的姑娘，
你看她那样匆忙地翻身下炕。
妈妈正要问她：漆黑的夜里乱跑什么？
她已经拐着小腿跑到大路上。

鞋子还没有蹬上脚跟，
性急的姑娘却已开始飞奔。
小嘴儿不断地张着喘气，
浑身的皮肉绷得比鼓还紧。

哪里来这么大的力量，
雷声也没有这样响亮：
"来——了——来——了！"
这声音响遍了全庄。

"来——了——来——了！"
姑娘向村里飞奔着狂叫。
这时好像她不再是个拐腿，
这时好像她要和马儿赛跑。

不要再喊叫了，姑娘，
全村人都已熄灭了灯光，
侦察员已经跑出村外，
在黑洞洞的沙柳丛中躲藏。

怕被那些"见人就叫爷"的把他出卖，
他悄悄地找到了老万——一个共产党员的家。

听说咱们自己的人回来了，
谁不愿意跑来瞧瞧，
都想来问问咱们军队的消息，
就是能看一眼也好。

听说是游击队的侦察员，
谁不愿意跑来看看；
固执的老万吵着要"保守秘密"，
到底是谁也没有能够看见。

姑娘的家住在村边大路旁，
这时候她只瞪着眼睛向着窗外望。
"看样子咱们的军队就要打回来了，
哼，这一回咱们可有了指望。"

悄悄地，姑娘，不要再猜想了，
你听！这是什么鸟儿在叫？
不对呀！这是马蹄的响声，
呵，强盗们的骑兵在向这里飞跑！

"来——了——来——了!"
姑娘第三遍的喊叫。
谁听了这声音心脏也要紧缩,
树上的鸟儿也被惊得乱飞乱叫。

四处漆黑找不到目标,
强盗们向着飞跑的声音发射枪弹。
"来——了……"第四遍还没有喊完,
姑娘心口窝上中了一颗子弹。

一阵静寂,紧接着就是一阵混乱,
皮鞭和刺刀的影子在每家的窗户上显现。
再接着是成百声令人心悸的惨叫,
到最后,笼罩着村子的依然是黑暗。

五

过了黑夜,草原东边总要出现一颗太阳,
严寒过去了,鸟儿照例最先歌唱。
第二天,满山遍野开来了解放军,
人人都在传说着昨夜死去的那个姑娘。

人们说那个侦察员就是姑娘的未婚夫，
没有他带回去的情报就不会有这个大胜仗。
可惜我们的姑娘已经英勇牺牲，
她再也不会知道她救的正是自己的基干连长。

姑娘的父母含着眼泪，
村里人都来帮助埋葬。
边区的黄土埋葬咱边区人，
带露的草原也把泪淌。

乡长指导员也匆匆赶到，
边哭边走的是基干连长。
像是姑娘还没有死，
乡长呜咽着说："你是咱边区的好姑娘！"

姑娘的未婚夫哭得那样伤心，
这哭声，能把一块石头变软。
第二天，他报名参加了野战军，
和他同去的还有村上的六个青年。

从此后，草原上到处流传着她的故事，
从此后，姑娘的名声传遍四方。
母亲们怨恨自己没有一个这样的女儿，
姑娘们把她记在心里当作榜样。

草原上的人们最爱唱歌，
不会唱歌就算你不会生活。
姑娘的故事也被编成歌曲，
和那些古老的民歌一样四方传播。

有一支民歌中说姑娘并没有死，
是她给解放军带路，一直把马匪军撵在黄河边上。
另一支民歌说她已经结了婚，
和她救出的那个侦察员，我们的基干连长。

千百支民歌，万千的人儿唱，
每一支民歌都在歌颂着我们的姑娘，
每一支民歌都说姑娘并未死去，
都说她还活着呵——她将永远地活在人们心上！

1949年十月革命节写成

1950年1月修改于武汉

1952年10月再改于武汉

只因为我是一个青年团员

"请你告诉我：什么是青年？"

我若这样问，不论哪一个青年团员，

他一定会笑得弯下腰来，

不然，他就会怪我把他当傻子看。

也许你们会引据团章上的规定，

告诉我从几岁到几岁的青年年限。

这个回答当然正确，

但是却有点过于简单。

虽然我不满意你们的解释，

可是我自己也难说得周全。

这里且让我讲一个通讯员的故事，

也许它会给我们一个比较满意的答案。

我有一个名叫石虎子的朋友,
他是光荣的新民主主义青年团的团员。
他的名字也是他的外号,
因为他实在有老虎那样凶,石头般的坚。

他是一个自动参军的新战士,
没过两个月,就成了通讯班的工作模范。
他送信从不是走着去送,
人们说:石虎子送信就跟打电话一般。

石虎子顶爱唱歌、大笑,
同志们谁都知道他的这个特点。
他的歌声笑声特别响亮,
就像是长了翅膀——能听几里远。

一九四七年陕北保卫战开始了,
马鸿逵的骑兵侵占了咱们的定边。
有一队地方干部被敌人包围在草原上,
团长决定派人把他们引出包围圈。

这是一个困难而又危险的任务,
团长把它交给了通讯班:
"派两个胆大勇敢熟悉道路的,
必须是共产党员或是青年团员。"

通讯班长决定自己前去，
另一个派谁呢？他望着大家的脸。
石虎子像个皮球从炕上跳起：
"我去，咱石虎子——青年……"

不光是几天几夜不能睡觉吃饭，
难办的是要通过十六七道的封锁线。
就像常有的情形一样，他们开头很顺利，
恰恰在越过最后一个岗哨时发生了麻烦。

匪军哨兵一枪撂倒了通讯班长，
另一队骑兵把石虎子紧紧追赶。
人腿怎么能和快马赛跑，
一根马缰绳把石虎子牢牢捆拴。

匪军营长亲自审问，他想从
石虎子身上把情报试探。
问了一百句，回答尽是"不知道"，
把营长气成了一个红烧山药蛋。

火炉里抽出了烧红的枪探条，
大腿上对穿了一道指头粗的眼。
咱们的石虎子真是一块石头，
你看他紧咬着嘴唇怒瞪着眼。

受伤的老虎总要吼叫,

青年到底还是青年。

听呵,他竟忍痛唱起歌来:

"一支枪,三颗手榴弹……"①

① 此为当时流行于陕北部队中的一首雄壮军歌之第一句。

又是气恼又是害怕,

强盗们吓得像一群木鸡一般。

营长吩咐搬来铡刀,

他想从精神上制服我们的青年。

一不铡头,二不铡腰,

"咔嚓"一声,十个手指头掉在一边。

母子连肉,十指连心,

痛昏了的石虎子被抬进了臭羊圈。

哨兵对"死尸"根本没管,

苏醒的石虎子用牙啃断了栏杆。

像一匹脱缰的快马疾速飞驰,

天亮时石虎子进了包围圈。

底下的故事不用细说,

他领着那一队干部安全地出了包围圈。

当他向团长报告完成了任务的时候,

他流汗的脸上疼得像涂了黄蜡一般。

团长望着他满是血污的手,
眼睛像是在问他说:你为什么这样勇敢?
他的回答是从牙缝里吐出来的:
"只因为我是一个青年团员!"

"请你告诉我:什么是青年?"
我想咱们都会同意这个答案:
就像石虎子那样,
才是真正的青年。

1949年12月于武汉

菊花石(节选)

盘歌

牧童:
要想和唱山歌不费难,
你晓得你家住在什么山?
你家吃的什么河里水?
山上什么出产养活你家几千年?
河里的什么宝贝天下把名传?

采茶女:
听你的山歌回你的音,
我家住在连云山,
我家吃的芙蓉河里水,
山上的木材竹林养活我家几千年,
河里的菊花石天下把名传。

牧童：

山上的采茶姑娘莫骄傲，

连云山和哪架名山紧相连？

什么人山上举红旗？

什么年间火烧天？

什么人残杀工农群众万万千？

采茶女：

山下的牧童哥哥仔细听，

连云山和井冈山紧相连，

毛主席和朱总司令山上举红旗，

一九二七年火烧天，

蒋介石残杀工农群众万万千。

牧童：

看见过红茶花你记性好，

什么人刻菊花石手艺高？

什么人师兄妹结夫妻？

什么人当红军带着刻石刀？

什么人八年血泪刻成了无价宝？

采茶女：

牧童哥哥你莫弄巧，

老工匠父女俩手艺高，

荷花女师兄妹结夫妻,
聂虎来当红军带着刻石刀,
荷花女八年血泪刻成了无价宝。

牧童:
采茶女就像巧嘴鸟一般,
什么人夺宝偷进连云山?
万丈深崖什么人跳?
什么人常常叫人留想念?
唱起山歌泪涟涟。

采茶女:
这些事儿怎能把我难,
采茶姑娘件件记得全;
要想听我从头到尾唱,
你就天天放牛在茶山下,
听我一句不漏地唱个完。

第一天

一 菊花石

采茶姑娘唱山歌,
泪水滴湿青草坡。
唱到伤心处哥莫啼,

唱到欢喜处哥且乐,
听了山歌记心窝。

此歌出自连云山,
芙蓉河两岸都传遍。
山上出歌山下传,
采茶姑娘记得全,
唱起山歌泪涟涟。

太阳出来满天红,
山山岭岭绿莹莹:
高的是杉树不老松,
低的是茶树满山岭,
不高不低紫竹林。

河边杨柳排成行,
大船小船穿梭忙。
山冲里稻田冒绿尖,
田埂上走着采茶娘,
姐姐采茶妹采桑。

芙蓉河有九十九道湾,
道道湾里好行船。
夏天涨水船似箭,

冬天水落把船挽，
挽船的码头林家湾。

林家湾前架木桥，
芙蓉河里出奇宝：
清清河水深三丈，
河底的菊花石花样巧，
走遍天下难寻找。

石菊晶莹天然生，
花瓣四射香气浓。
不怕水冲不怕涮，
菊花石年年长新茎[①]，
石菊永世不凋零。

石匠下水凿石头，
工匠刻石思虑稠：
几多清晨到黄昏，
几多灯盏添新油，
几多青年变老头。

朵朵菊花白如雪，
花嵌石中硬似铁。
刻石人要有钢铁志，

①菊花石不能繁殖生长。但在菊花石工匠们神话般的传说里，却说石在年年生长。他们常对一块花纹不能称心的石头，惋惜地说："这朵花还没开好"，或"这个叶子正长着哩，再晚打一年就长好了"。

一生一世不停歇,
老子死了儿孙接。

早不思茶午厌饭,
夜坐灯下不安眠;
几多钢錾成废铁,
几多手指结老茧,
直挺挺的脊背累得弓样弯。

匠心无师勤思量,
手巧单靠昼夜忙。
揣摩花纹难安睡,
梦里犹闻菊花香,
手心上画下新菊样。

世间从来无易事,
额上皱纹案上石。
刻石工匠年年老,
朵朵石菊岁岁新,
绞心呕血有谁知!

几多阳春到大寒,
几多太阳落西山,
块块石菊眼泪洗,

条条饥肠肚里转,
十个工匠九饥寒。

昼夜刻石昼夜忙,
缺少粮米缺衣裳。
缴不完的捐来纳不完的税,
月月都有新名堂,
税款要到刀尖上。

不采茶来不插秧,
年年还缴租谷粮;
团总霸占了芙蓉河:
    "河底的菊花石本姓杨,
    采我的石头就不能白沾光。"

天生地养的芙蓉河,
穷工匠再不能靠你过。
没有卖主没有契,
一句话变成姓杨的,
狗团总比虎狼还可恶!

缴罢捐税缴租谷,
苦熬一年连嘴也顾不住。
刻石桌前双泪流,

不刻石菊饿死人,
刻了石菊皮包骨。

年年刻石年年老,
家家工匠难温饱;
有心改业去种田,
作田汉也是活不了,
旱田里长不出绿秧苗!

二　老工匠

林家湾前柳成荫,
柳下住着刻石人。
须发雪白工匠老,
耳聋背驼生活贫。

老工匠的手艺赛神仙,
石堆里活过了五十年。
磨秃了的钢錾打铁锚,
芙蓉河大小船只用不完!

刻一个菊花长命锁,
外爷买去送外孙。
朵朵菊花工匠刻,
长大莫忘劳动人。

烟荷包上坠石菊,
作田累了提精神。
万顷荒野变绿田,
哪样离开了劳动人。

最恨绸衣富家子,
别人心血摆设玩。
作田汉买石菊米半升,
长袍马褂不答言。

树木要算杉树长,
不歪不斜笔杆样;
老工匠好比杉树干,
为人公正性子刚。

性情高傲手艺巧,
缺衣无食难温饱;
钢錾似筷花是饭,
端碗清水对着石菊笑。

三　盆菊

藕丝难吊顺风船,
无米难把锅盖掀。

工匠妻死只一女，

随父刻石拿刀錾。

女儿生在荷花节①，

起个名儿叫荷花。

莲花本是泥中生，

荷花生在穷人家。

洞庭湖的渔民爱划大船，

老工匠的女儿不学针线；

一心随父亲学手艺，

女工匠的名声传的远。

工匠徒弟聂虎来，

年纪小来苦情长。

七岁死了爹和娘，

自小拜师当工匠。

石山长树木性坚，

师徒三人同心连：

宁愿天天愁柴米，

志在手艺不为钱。

①民间相传，旧历六月二十四日，是荷花的生日，又称荷花节。

工匠虽老心劲大，
自把终身比菊花。
立志刻一座全棵菊，
层层枝叶托菊花。

自古至今工匠多，
没听说谁能刻得枝叶全；
刻一个花瓶还几个月，
刻一座盆菊得好多年！

听见装作没听见，
笑谈由你去笑谈；
石头虽然硬似铁，
总有刻成那一天。

我要刻出工匠苦，
我要刻出工匠巧；
我要人看了爱劳动，
我要人看了志气高。

三股麻线拧成绳，
从早到晚不歇工。
菜油点灯麻麻亮，
夜夜刻菊到天明。

从春到春夏到夏,
窗外杏花变雪花。
师徒三人刻盆菊,
一滴血汗一朵花。

盆菊未成花已活,
朵朵菊花似活托。
低头闻花香扑鼻,
成群蜜蜂花上落。

仰望连云山开怀笑:
"终生大志今实现,
拼上性命要刻完,
让盆菊活它万万年!"

风吹桂花十里香,
为看盆菊车船忙。
作田汉放下稻不收,
铺子里不听算盘响。

老汉来看为长寿,
老婆来看为安康,
年轻人为的看稀罕,
姑娘来描新花样。

四 训徒

昼夜苦思把石刻,
耗尽心血骨如柴。
为刻盆菊再无石菊卖,
无钱难把米布买,
度日如年苦难挨。

衣不暖身肚里饥,
捐税租谷催得急。
团丁一天来几趟:
"有钱缴钱无钱缴白米,
无钱无米缴盆菊!"

千年古树叶变黄,
工匠害病倒在床。
缺柴尚有虎来拾,
没钱哪能熬药汤,
没钱难闻稻米香。

听说工匠害了病,
东家来看西家问。
虽说都是穷亲邻,
一盅油盐一片心,
同病之人总相亲。

王七爹送来一碗米,
手扶工匠看盆菊:
"你的命也是大家的命,
你害病大家出钱医,
赶快治好刻盆菊。"

自思年老精力尽,
工匠低头泪涔涔。
手拉兄妹俩站床前,
一生心血传后人,
句句话语血泪浸:

"刻石手艺似海深,
祖辈相传到如今。
子孙世代不改业,
爱菊犹如爱亲人,
石菊要比亲娘亲。

"学刻石菊无捷径,
手执钢錾刻一生;
为它生来为它死,
为它受罪为它穷,
心血熬尽才成功。

"学刻石菊心要专，
夏不知热冬忘寒。
刻菊就是刻自己，
工匠身影花上现，
人老花儿永鲜艳。

"刻菊莫怕花苦工，
蚂蚁能把山挖空；
决心忍受千般苦，
受尽折磨功终成，
一分劳动一分功。

"刻菊莫刻俗花样，
刻菊莫为几斗粮；
工匠良心现真花，
莫为贪财把花伤，
工匠单怕丧天良！

"朵朵菊花天生成，
枝枝叶叶胜人工。
工匠必看万朵菊，
枝长叶合记心中，
画竹要有竹在胸。

"九月遍地菊花黄，
石菊要比真菊香；
石菊花样年年新，
真菊岁岁一样黄，
巧夺天工真工匠。

"天生菊花虽然巧，
人刻石菊价更高。
工匠鲜血何处去，
滴滴流进石菊里，
石菊要用鲜血浇！"

五　赞茶歌

人凭志气虎凭风，
老工匠好比高山松。
贫病磨不倒钢铁志，
每见盆菊力顿生，
总要把盆菊刻成功。

大病过后身体虚，
兄妹俩私下暗商议：
虎来借船荷花补渔网，
二人到前川去打鱼，
为父捉鱼补身体。

一望晴空万里蓝,
几片烟云当空悬。
为捉鲜鱼敬父亲,
兄妹双双到前川,
哥哥撒网妹划船。

小小渔船七尺多,
芙蓉河上唱山歌。
虎来唱歌鸟雀飞,
荷花唱歌鱼扬波,
船头唱歌船尾和。

虎来爱唱梁山伯,
荷花单唱祝英台。
二人本是师兄妹,
各人心思不用猜,
单等父亲把口开。

船泊龙潭深三丈,
芦苇深处鱼儿藏。
小声唱歌轻划桨,
虎来船头撒渔网,
条条鲤鱼竹篓装。

打鱼回来晒渔网,

荷花端上鲜鱼汤。

一对鲤鱼盘里放,

一对燕子飞上梁,

一件心事难为着老工匠。

田里熬药泡苦秧,

从小死了爹和娘。

深山石头硬似铁,

生就一个老虎样,

身强力壮志气刚。

蜡梅单在冬天开,

泥巴里长出荷花来,

人小懂事手艺巧,

论人有人才有才,

但愿把荷花配虎来。

柏树配松万年青,

船遇顺风帆满张;

荷花虎来两相配,

一块石头两人忙,

师兄妹结亲恩爱长。

又是父亲又师傅,
又是师兄妹俩相亲,
两人心里早有意,
两人早是意中人,
哪用媒人传话音。

师傅问徒弟无回话,
荷花含羞弄衣衫。
一转念猜透二人意,
老工匠喜在心里边,
喜期定在冬至这一天。

穷新郎配穷新娘,
没钱不能办嫁妆。
东家借件大红袄,
西家借件黑棉袍,
穷人还讲啥排场。

成群工匠来贺喜,
七手八脚装新房,
刻石桌当梳妆台,
盆菊摆在当中央,
满房菊花扑鼻香。

一杯清茶四两酒,
满桌子尽是穷工匠,
老工匠提壶添酒忙。
拜过花堂入洞房,
洞房里说笑闹嚷嚷。

一对红烛亮堂堂,
朵朵菊花放光芒。
吃过香茶要赞茶,
一人领头众人唱,
远年风习怎能忘。

赞茶歌

洞房喜气洋洋,
赞茶出口成章。

新郎手提茶壶,
新娘把茶端上。

吃茶就要赞茶,
嘴里吐出莲花。

一赞茶出临湘，
今夜要入洞房。

二赞茶出安化，
夫妻同刻菊花。

三赞茶是松萝，
夫妻两相谐和。

四赞茶是香片，
夫妻才貌双全。

五赞茶是雨前，
刻菊结成姻缘。

六赞茶是普洱，
早把盆菊刻完。

七赞茶是毛尖，
明年我送红蛋。

八赞茶是寿眉，
高堂长寿万年。

九赞香茶喝光,

大家快出洞房。

十赞新郎新娘,

夜短莫误春光。

1950 年冬—1951 年春初稿于武汉

1957 年 2 月修改于北京

1978 年 5 月再改于北京

列宁格勒有一个青年

列宁格勒有一个青年,
他有着普希金式的卷发,
他有着早晨太阳般的笑脸,
像一只自由飞翔的白鸽,
展示在他面前的是一望无际的蓝天。

当他进入大学的时候,
几十种学科让他挑选;
他可以在工程系学成一个工程师,
在航空系里他会成为一个优秀的驾驶员,
可是,他却坚定地选中了中国语言。

他爱中国犹如热爱自己的祖国,
像爱普希金一样地背诵着白居易的诗篇。
有人告诉他中国文字难以学习,
他却坚定而又骄傲地回答说:

"从心里爱着的事情,照例没有困难!

"当我学会了中国文字的那一天,
我将要向斯大林提出我的志愿:
我将要去帮助兄弟般的中国同志,
帮助他们建设一个
像我们祖国一样的社会主义的乐园!"

列宁格勒有一个青年
他有着普希金式的卷发,
他有着人类最高贵的情感;
你若是企图把这种感情变成文字,
除了"友谊"你将再找不到更恰当的语言。

1951年12月12日深夜于列宁格勒

石油河[1]

来自四季冰封的群山深处,
流向辽阔千里的大戈壁滩。
你是祁连山宝藏热情的宣传者,
你把宝库的钥匙传向人间。

炎热时节,你用浑浊的激流,
拍打着沉默的戈壁。
寒冬里,在那厚厚的冰块下面,
你和砾石作着激烈的争辩。

你有着一个战士的坚定,勇敢,
千百年来,你一点也不觉得疲倦。
虽然,你的辛勤常常是换来了冷遇——
在地图上,一直是一条没有名字的黑线。

---

[1] 石油河源出祁连山中,流经甘肃之玉门、酒泉等县境。据史书记载,数百年前,牧人即常见油珠漂浮水面,故称石油河。

辛勤而又勇敢的河流呵,
你所盼望的日子终于来到;
我们的毛主席已经下了命令,
大地上无处不在响彻着他的号召。

千万盏电灯驱走了祁连山的黑暗,
森林般的井架竖立在你的河身两旁。
这都是为了执行他的命令,
他派我们前来开发宝库,消灭荒凉。

他要我们把祁连山钻透挖空,
在戈壁上建立起千百个繁荣的农场;
他要我们使山河都服从人的意志,
把大戈壁建造成人世间的天堂。

1953 年春

阳关大道

劝君更尽一杯酒,西出阳关无故人。
——王维《渭城曲》

三百里荒沙,
没有人烟;
敦煌城,可算是
沙漠上的牡丹。

党河大桥,
坐落在敦煌城南。
桥下是滚滚的流水,
桥上的大路,直通阳关。

阳关大道,
又平又宽。

车马拧成一条绳,
走路的人儿不断。

阳关内外,
黄沙满眼。
处处逢人皆亲人,
大店小店歌声满。

1953 年春

月牙泉①

月牙泉边的柳树又发绿了,
树下的五色沙闪着眼睛对我微笑;
它不是夸奖我的模样比牡丹花还好,
它是想叫我给你写一封信:
希望你在海南不要挂念家,
月牙泉一天比一天好。

月牙泉边的柳树又发绿了,
泉里的七星草迎着我把手来招;
它不是夸奖我今年劳动比往年好,
它是想叫我给你捎一句话:
吃月牙泉水长大的人,
可不能把它的名声坏了!

①月牙泉在甘肃敦煌城南五里,也叫渥洼池。泉如月牙状,泉边有五色沙子。四围沙山,中为绿洲,风景极美。相传:汉武帝的宝马即产于此泉,并食泉中之七星草长大。

1953年春

① 酒泉南山特产的一种灰黑色和淡绿色的石头，经过加工钻磨而制成的酒杯。

夜光杯①

葡萄美酒夜光杯
　　——王翰《凉州词》

酒杯是酒泉特产的夜光杯，
酒是咱蒙古人打下的粮食做的。

盘里的野牛肉，是咱解放军给的子弹，
我们亲手在祁连山里打来的。

这群姑娘正向你唱歌敬酒，
你要是不喝，她们会一直唱到夜里。

我们的祖先传下了一条规矩，
来到我们帐篷里的客人不醉不能离去。

为了你是汉人,我们是蒙古人,
——为了咱们都是好兄弟;

为了比河里的流水还要多的石油,
为了火车就要来到大戈壁;

为了在咱们头上微笑的毛主席,
把这杯酒喝干了吧,我的亲兄弟!

1953 年秋

将军

一

那时候白天比黑夜还黑,
那时候天上笼罩着乌云。
人们的眼睛都望着东方,
从东方来了一位骑马的将军。

将军站立在戈壁滩上,
紧紧地咬着他的嘴唇。
为了拯救宝贵的油矿,
铁骑兵箭也似的向前飞奔。

那时候连山峰也伸展了腰身,
石油像春泉似的直往上喷。
兄弟们砸断了最后一副手铐,
钻工们从地穴里出来迎接亲人。

将军不再紧闭他的嘴唇,
他以祖国的名义来把人们慰问。
他说油矿是祖国的宝贝,
祖国将永远感谢开发油矿的人。

二

那一天野兽扑向祖国的大门,
那一天怒火烧烤着每个人的心。
将军离别了亲爱的祖国,
他带着海一样的爱情和仇恨。

在那围歼野兽的夜晚,
在那庆祝胜利的早晨,
在坑道里和在军事地图前,
将军总是惦记着那些戴铝盔的人。

将军怀念着亲爱的油矿,
石油工人们又哪能忘记将军。
那一天志愿军代表来到了矿上,
工人们给将军带去一件慰问品。

一只满装着汽油的玻璃瓶子,
瓶子里也装着石油工人的心:

"志愿军需要多少石油我们就送去多少,
祖国的油矿,永远取用不尽!"

1953年秋

我们的油矿

在那喧闹着的祖国大地上,
有一条喧闹的山岗。
山岗上有一座年轻的城市,
它白天发着巨响黑夜闪着光。

假若你要知道城市的年龄,
请去问那林荫道旁的白杨;
那像苗条少女似的树干会向你说:
"城市和我在同一天开始生长。"

我们的城市昼夜都在沸腾,
它比青年人更不喜欢安静。
它永不疲倦地搜索着悭吝的大自然,
从高山顶上直到几千公尺下的地层中。

想要欣赏城市的风光,

你必须攀登高入云际的山峰。
我们正在把辽阔的戈壁划入市区,
我们正在把地下的宝藏握在手中。

居民是那些掌握着明天的青年,
市区里的井架像密集的丛林一般。
生产钢铁的血液是我们的任务,
我们的城市是力量和幸福的源泉。

没有必要对你隐瞒城市的缺点,
我们实在需要一个美丽的公园;
虽然我们每天可以看到壮丽的戈壁日出,
虽然我们每年可以看到六月天雪飞祁连。

城市虽然在远离北京的山野,
城市虽然在荒漠的戈壁滩上;
但是,我们的心却永远地向着北京,
就像北京无时不在惦记着我们一样。

在那喧闹着的祖国大地上,
有一条喧闹着的山岗。
山岗上有一座年轻的城市,
这就是我们亲爱的玉门油矿。

1953 年冬

致北京

在我们美妙的语言里，
再没有什么比你的名字更加动听；
在我们祖国的地图上，
还有哪里能像你吸引着我们的心灵？

在我们这里，把那些
去过北京的人都叫作幸福的人；
在我们这里，把从你身边
传来的一张纸片看得比爱人的信还亲。

一辆油罐车正在暴风雪里驶行，
年轻的司机紧瞪着两只大大的眼睛。
他在注视着前进的道路，也瞥视着那
贴在挡风玻璃角上的天安门的图景。

十月里,当你的礼炮,
震动着祖国蓝色的天空;
是谁在油井区路边的雪地上,
歪斜地写了一长串——北京,北京……

每一次见到你的名字,
都会引起我们的激动。
你甚至还常常出现在
我们劳动后的甜梦中。

在我们谈心的时候,
谁对谁也不隐瞒自己的感情:
哪怕是能在你的怀抱里住上一天,
这就是我们一生里最大的光荣!

为了这个愿望,我们
日日夜夜地进行着创造性的劳动,
一个信念无时不在鼓舞着我们,
——条条道路,通往北京!

1953 年冬

我站在祁连山顶

像一个守卫边疆的战士,
我昼夜站立在祁连山顶。
我站在那雄伟的井架下面,
深情地照料着我的油井。

虽然是严寒封锁了大地,
虽然是风沙吹打得睁不开眼睛;
不论什么时候我都不愿离开一步,
哪怕是寒冷得连汗水也冻结成冰。

在山顶上我一点也不觉得寂寞,
整天陪伴我的是那祁连群峰。
黑夜里,群山悄悄地隐入夜幕,
这时候,来拜访我的是北斗七星。

辽阔坦平的戈壁滩在我的脚下,
行驶着的车队像一群小小的甲虫。
排成长列的白云前来把我慰问,
乐队总是那高傲的山鹰的嗥鸣。

我见过黎明怎样驱走黑夜,
我见过破晓前最后熄灭的那颗晨星,
我见过坐着第一辆车去上工的兄弟,
我见过金光四射的太阳怎样升上天空。

1953 年冬

黑眼睛

不论是在图书馆里,
或者是在蒸馏塔旁,
总有一对又黑又大的眼睛,
悄悄地对我张望。

每逢我们超额完成了计划,
那双眼睛就显得分外明亮;
若是我们不小心出了事故,
它就像阴云密布的天空一样。

黑眼睛为什么那样温柔钟情,
黑眼睛为什么一直对我张望?
是不是她也希望多出汽油,
还是看中了我的模范奖章?

亲爱的又亮又大的黑眼睛呵,
请你再不要对我张望;
你若是真的爱着煤油、汽油,
我们欢迎你来到炼油厂;

假若你是喜欢那颗金色奖章,
真诚的劳动一定会得到报偿;
至于你要是为了别的什么,
那么,请你听我说吧——
祁连山下,有一个放羊的姑娘……

1954 年春

红头巾

汽车飞驰在戈壁滩上,
开车的是一个年轻的姑娘。
姑娘系着一条红色的头巾,
红得像戈壁滩上初升的太阳。

汽车飞驰在戈壁滩上,
就像是长了翅膀一样。
姑娘嘴里悄声唱着歌儿,
一丝微笑挂在她的脸上。

两只手紧紧地握着方向盘,
一双眼直直地望着前方。
那颗带翅膀的心儿呵,
却早已飞到了井地上。

心儿飞到了井地上，
飞到了年轻的队长身旁。
她好像看见那个钻井队长，
正在焦急地把她盼望。

队长真的是在盼望，
他甚至登上井架瞭望。
他盼望着快把钻杆送到，
也盼望着戴红头巾的姑娘。

汽车飞驰在戈壁滩上，
开车的是一个年轻的姑娘。
姑娘系着一条红色的头巾，
红得像戈壁滩上初升的太阳。

1954 年春

正是杏花二月天

正是杏花二月天,
遍地麦苗像绿毡。
汽车走在公路上,
姑娘们锄草在地边。

汽车停在公路旁,
姑娘们上前围着看。
司机同志修车忙,
两手油泥满脸汗。

修好汽车把路赶,
司机扳动方向盘。
一个姑娘走过来,
手扒车窗红着脸。

"同志你先慢一点,

有句话儿和你谈:
我想托你带封信,
不知你情愿不情愿?"

"信儿捎给什么人?
就怕人多找不见。"
"看了信封你就知道,
他的名字在上边。"

"呵,你是给他写的信,
我保证送到他手边;
油矿上谁不知道他,
那是个能干的好青年。

"他是你的什么人?"
司机看着姑娘的脸。
姑娘撒手跳下地,
笑着跑回麦地边。

正是杏花二月天,
遍地麦苗像绿毡。
司机张眼望麦地,
一只蝴蝶光闪闪。

1954 年春

柴达木小唱

辽阔的戈壁望不到边,
云彩里悬挂着昆仑山。
镶着银边的尕斯湖呵,
湖水中映照着宝蓝的天。

这样美妙的地方哪里有呵,
我们的柴达木就像画一般。

黄河长江发源在昆仑,
柴达木井架密如林。
油苗遍地似春草,
风吹油味遍地香喷喷。

这样富饶的地方哪里有呵,
我们的柴达木是个聚宝盆。

工业化的祖国要血液,

无数的飞机汽车要食粮;

愿把青春献给祖国的年轻人呵,

柴达木正是大显身手的好战场。

这样理想的地方哪里有呵,

柴达木是我们光荣的家乡。

1954年冬

柴达木一青年

在我们光辉灿烂的生活里,
有着多少个黄金铸成的青年。
他们像鱼一样在大海里游泳,
像鹰一样飞上雪线以上的高山。

好似刚刚离开弹筒的火箭炮弹,
他们单纯而又勇敢地飞驰向前。
他们的热情能使钢铁化成汁液,
他们的意志会把严寒变为春天。

在北海的游艇上你曾经见过他,
他的歌声也曾飘荡在大雁塔前。
在那狂欢之夜的天安门广场上,
多少个姑娘曾把他的舞姿赞叹。

我认识他是在青海的柴达木盆地,
这时他已是个石油地质勘探队员。
他的面孔已经晒得黑了,手也变得粗糙,
他已经在盆地里工作了整整半年。

在盆地里工作的人们都知道他,
像在大学时一样,他还是青年团的支部委员。
他用地质工作者特有的热情来欢迎我们,
就像那些白发的探索大自然奥秘的人们一般。

虽然,他为了欢迎从玉门来的亲人,
特地在破旧的工作服上加了一件罩衫;
可是,他的这一件深蓝色的"礼服",
却也是这个补丁和那个补丁紧相接连。

像一个全副武装的解放军的战士,
他整天地携带着气压表和小罗盘。
草绿色的背囊和他的那把小榔头,
在睡觉时也没有离开过他身边。

在去昆仑山下探测水源的路上,
我们俩在吉普车上把心事交谈:
海洋似的盆地里见不到一个人,
多少天连个鸟兽也难以看见。

每一天都要经过春夏秋冬四个季节,
午夜里穿上皮衣,中午只穿一件衬衫。
刚刚离开北京,一下子就来到盆地里,
终日爬山的野外生活的确使他过不惯。

是那巍峨的昆仑山消除了他的疲劳,
是那黄金般的油砂把他的热情点燃。
祖国的柴达木简直是一座聚宝盆呵,
在这里工作自有光荣和幸福与你做伴。

每当他坐在点燃着蜡烛的小桌前填写报表,
那些浸透着石油香味的数字都会使他狂欢;
他好像看见了戈壁上一行行的脚印,
都已经安装起了又粗又大的输油管。

艰苦的劳动最能把人的意志锻炼,
支持着他的是为祖国寻找新油田的信念。
他开始习惯了用沙子洗碗、洗脚的生活,
也学会了几天不喝水,一根烟吸它三天。

所有的话,他都说得那样真实,
只有一件事他却把我隐瞒。
他说在盆地里从来没有害过病,
医生同志说这是他的谎言。

在详查油砂山地质构造的那一天,
他一股劲地坚持工作到太阳落山。
在海浪似的沙漠上他迷失了道路,
像匹野马似的在戈壁上睡了一夜晚。

漆黑的夜幕,冰冷的沙滩,
包围着他的是冰点以下的严寒。
为了怕寒冷冻坏了宝贵的仪器,
他从身上脱下棉衣把仪器包严。

"这一夜,仪器当然没有受到损坏,
我们却为他的重感冒忙碌了好几天。
这里的年轻人都是这个样子,
好像仪器比他们的身体更要值钱。"

明天一早,我们就要离开盆地,
夜晚我们睡在一个帐篷里边。
已经三点钟了,他还没有入睡,
他总是在行军床上左右辗转。

这颗年轻的心在为什么激动?
我不由得又和他继续攀谈:
"几天之后,我们就要回到北京,
写封信吧,我一定送到她的手边。"

"我就是在为这件事情熬煎——
这么多的话,怎么能够写得完?
请你回到北京时给她捎几句话,
顺便也把我们的生活给她谈谈。

"将来一定会有那么一天,
她在同一天里为两个喜讯狂欢:
我坐着从盆地里开出的快车回到北京,
我们给祖国在柴达木找到了新的油田!"

          1954 年冬

旗

这不是缤纷的迎接节日的彩旗,
欢乐的歌声还没有从大地升起。
在这座连飞鸟也不来临的高山顶上,
是谁把一面耀眼的红旗插在这里?

插这面旗帜的是一队年轻人,
他们是从酒泉盆地来到这里。
他们的双脚走遍了祁连山的每个山峰,
他们的汗水也曾流进陕北的黄土层里。

歌声惊走了戈壁上的野马群,
欢笑驱走了处女地上的静寂。
他们是光荣的建设大军的先锋部队,
在每一片被探测过的土地上,
插上他们这面骄傲的红旗。

这旗帜是向大自然进军的信号,
跟随着它的是
我们万千个建设幸福生活的兄弟。
今天他们把红旗
插在这地图上还是空白的柴达木,
明天,铁路工人们就要把火车开到这里。

荒凉而又富饶的柴达木呵,
是这面红旗把母亲祖国的关怀带给你;
把你最深的谢意给予它吧,
就是它,给你带来了为祖国贡献你那
比尕斯湖还要丰富的乳浆的权利。

1954 年冬

油砂山

有多少荒僻的乡村、山岗，
因为烈士们洒下了宝贵的鲜血，
或者，曾经把光荣的儿子抚养，
它们都成了天下闻名的地方。

也有些从它们开始存在的时候，
就一直是没有名字的地方。
今天，它们有了自己的名字，
这名字在人们心上闪着金光。

我们的油砂山，
就是这样的地方。
连鸟兽都不栖落的山岗呵，
又有谁曾经攀登在你的山顶上。

就像一个姣美待嫁的少女,
就像一颗珍珠遗落在路旁。
一个世纪又一个世纪,
你却默默无闻地站立在大地上。

那一天,来了一队骑骆驼的人,
他们把你从头到脚仔细地端详。
你那油气袭人的石头使他们狂欢,
他们把一面旗帜插在你的山顶上。

帐篷里电报机在嗒嗒地响,
他们把你报告给一个遥远的地方。
说你的全身都像在油里泡过,
一个火星会使你全身发光。

"这个山叫什么名字呢?"
他们没有商量就有了共同的主张,
——当然就叫它油砂山,
别的名字都没有这个恰当。

油砂山——多么诱人的名字呵,
我的心无时不在为你激荡。
我爱你那庄严瑰丽的景色,
更爱你那勇敢的居民,白色的篷帐。

山石被风化成奇妙的亭台楼阁，
尕斯湖在你的山脚下闪着银波。
湖对岸是那顶天立地的昆仑山，
你们就像是一个弟弟，一个哥哥。

我从心里热爱着的山岗呵，
明天的事，你可曾想过？
那时候，你将被建设成一座城市，
涌泉似的石油，从你的脚下流过。

那时候，迷人的尕斯湖上，
将会出现一只只美丽的游艇；
那时候，从你身边经过的汽车，
会比草原上牧放的骆驼还要多。

1954 年冬

谢谢你的手风琴

辛勤的手风琴呵,
你每天早晨都在山坡上歌唱。
不能说我不喜欢你那欢乐的调子,
但是,你也总应该替别人想想:
这时候,我们都正在专心地工作,
为什么你要来扰乱我的思想?

不知道疲倦的青年呵,
你每天都把一封信儿投进信箱。
我对你从来就没有什么恶感,
可是你做事也真有些荒唐!
我的心早就为另一个人燃烧着,
这时候,我怎能再把你爱上?

你说你要送给我一架手风琴,
你的盛情我将永远不会遗忘。
不过我却只能从心里谢谢你,
还是请你把那金色的背带挂在肩上;
你该知道美酒里不能掺进一个水滴,
纯洁的爱情里又怎么能有针尖大的勉强?

         1954 年 12 月

我想念

不是想念家乡感情海样深,
每见玉门来人分外亲。

不是不爱鲜花浓郁芬芳,
总觉得石油气味比花香。

不是说别的帽子不漂亮,
单爱把那红星铝盔戴头上。

不是不喜欢八角玲珑的宝塔,
心里更喜欢祁连山上的井架。

不是不爱别的矿山工厂,
睡梦里却总是想着玉门油矿。

1955 年冬于北京

怀石英

鸟儿飞走了,
还留下它的鸣声。
太阳落山了,
彩霞还留在天空。

你走了,
至今没有一点儿消息。
一封封褪了色的信儿,
原样地回到我的手中。

是因为建设草原上的钢铁工厂,
使你昼夜奔忙没有闲空?
还是为向牧民们散播幸福的种子,
终日骑着马儿从这个帐篷奔向另一个帐篷?

大青山上的松树越冷越青，

六月天的鲜果越长越红。

手挽手跋涉过三边沙原的兄弟呵，

愿你永远健壮得像大青山上的那棵青松。

1956 年

致水手

在这毒液般的波涛
狂扑船沿的时候,
我的心又一次想起了你,
亲爱的兄弟——年轻的水手!

虽然我们只见过一次面,
甚至到今天我还不知道你的姓名。
可是,你那坚毅的颧骨高峙的脸,
却一直鲜明地留存在我的记忆中。

在那个狂风暴雨的夜晚,
我们奉命过河去侦察敌人。
记得吧,就在码头上那个小屋里,
展开了一场多么激烈的争论。

一个老水手说:河里正在涨水,
就是白天过河也不敢保证安全。
另一个说:对岸山上鬼子修了碉堡,
一梭子机关枪——人船都要完蛋。

我们的队长没有说话,
他只用期待的目光对大家扫了一眼。
这时候,我看见你站了起来:
"同志们!走——咱们上船!"

说实在的——我真有些担心,
不只是因为你年轻对你不相信;
就是一个最有经验的老练水手,
他能不能战胜这雨大水急,浪高风紧?

船儿迎着暴风雨驶向河中心,
我们每个人都紧紧地屏住呼吸。
一对对眼睛随着你的身影移动,
就像是怕在这危险时刻突然失去了你。

使人终生难忘的时刻终于来到,
一个大浪把船身打得左右摇晃。

狂风也恰在这时把桅杆折断，
水浪带雨倾盆地涌向船舱。

我们上去帮助你那同伴掌舵，
用尽了力气还不能使船身平稳。
我们身不由己地在舱里摇摆，
不祥的预感撕裂着每个人的心。

虽然我们是一群被敌人称做"野狼"的侦察兵，
这时候也免不了有些神情张皇。
突然间听到你迎着狂风叫喊：
——这声音，到现在还响在我的耳边上。

"老二！不要惊慌——把舵掌稳！
同志们，都坐好——一点也不要紧！"
就像惊慌能够把人传染，
你的镇定也传染给了我们每一个人。

按照你的吩咐我们稳稳坐下，
用茶缸和双手把水泼向河心。
暴风雨依然疯狂地扑打破船，
我们却觉得船身竟是这样平稳。

这时候，我们彼此都显得特别亲近，
就像是有一条线连着咱们的心。
我们仿佛在按照同一个节拍呼吸，
仿佛我们在手挽着手迎着风暴前进。

风浪越来越加凶猛，
我们却都像你一样乐观，镇定。
我们都相信一定会到达彼岸，
我们终于胜利地完成了这次航行。

这是多么令人难忘的航行呵，
我们十七个人的集体竟战胜了巨浪暴风！
这以后我又遇到过多少个迷途的黑夜，
靠着它每一次都把我引向黎明。

多少用鲜血换来的经验都被遗忘，
这一夜的经历却像刀子刻在心上。
只要我们手挽着手就会胜利，
只要心连着心就能够战胜惊涛骇浪。

在这毒液般的波涛
狂扑船沿的时候，
我的心，又想起了你，
亲爱的兄弟呵——年轻的水手！

在这毒液般的波涛

狂扑船沿的时候,

我又记起了你那颧骨高峙的脸,

心里默默重念着你的话:

——同志们！手挽着手！

1957 年 1 月

黄浦公园

我从南京路,
步行到黄浦公园。
我用黄浦江的水,
洗了手和脸。

过路的人呵,
请不要发笑;
我还是第一次来到上海,
我要把童年的记忆洗掉。

1957 年秋

南京素描

枫叶羞见秋风面,
紫金山映红了南京城。

满眼是花墙、花山、花屏风,
南京可算是江南的菊花城。

一朵菊花一个笑脸,
万姿千态把人迎。

若不是夹道的梧桐隔开了道路,
人哪,车呀,就只好在花上行。

1957 年秋

这儿永远是春天

用不着踏破铁鞋跑向天边,
天涯海角①就在你的眼前。
再不要忧心春要离开人间,
这儿一年四季都是春天。

春风长年吹拂大地,
山野间无处不是万紫千红。
算起来,就是缺少严寒、雪花,
还有飘零的落叶和它的友伴——秋风。

这儿的树叶最绿,最青,
这儿的鲜花最香,最红,
这儿的天空蓝得透亮,
生活在这儿的人呀最年轻。

1957 年秋

① 广州市郊珠江岸边有"红楼海角"公园。

江南草

菊花怒放的秋天,
我第一次来到了江南。

虽然我来也匆匆,去又匆匆,
但你的美丽却一千倍地超过了我的想象。

望着你那花团锦绣的城市,
最美丽的画卷都失去了颜色;

漫步在风光明媚的水乡,
就是传诵千古的绝吟也显得苍白。

你的美丽使我感到羞愧,
词囊里竟找不到一个形容你的词汇。

人们说:"上有天堂,下有苏杭",
天堂只不过是人们按照你的模样编织的幻想。

我知道秋日里还不能显出你的神奇美妙,
我见到的也只是你那千里花乡中的一棵草。

可是,我就要回去了,
我就要带着这片草叶回去了。

我要把这片草叶带到沙漠上,
我要把这片草叶带回我的家乡。

我要把它种在戈壁滩上,
我还要对我的乡亲们这样讲:

"用我们的汗水灌浇它吧,
让我们的大戈壁也变得像江南一样!"

1957 年 11 月南京—上海途中

玄武湖的秋天

堤上是数不尽的垂柳、梧桐,
洲上又是青翠的松竹层层。
正想在写生板上抹上一笔别样颜色,
一转弯,瞭见一面红旗在树梢飘动。

湖水在秋风中轻轻颤动,
浪层上浮动着紫金山的倒影。
不爱在幽静里独自行走,
忽听见远处游船上手风琴伴随着清脆的歌声。

1957 年 11 月

向西去!

铁路沿着黄羊的足迹,
穿过戈壁向西修去。
人流随着欢乐的汽笛,
踏着荒凉向西涌去。

歌声跟着云际的苍鹰,
越过高山向西飘去。
我们的双手要把幸福的方砖,
日日夜夜地向西铺去。

1958年2月于兰州—玉门途中

玉门人
——赠一个即将到新矿区去的同志

苏联有巴库,

中国有玉门;

凡有石油处,

就有玉门人。

1958 年春

最高的奖赏

多少人爱恋着
明媚秀丽的水乡；
多少颗年轻的心，
长起翅膀飞向南方。

可是我呀，
我却深深地爱着无边的戈壁，
我把玉门油矿当作自己的家乡。

广阔的生活道路，
培育着无限美妙的理想；
那千种万种的工作岗位，
又曾使多少颗心为之激荡。

可是我呀，

我却只愿意当一名石油工人，

一顶铝盔就是我的最高奖赏。

1958 年春

出了嘉峪关

出了嘉峪关,
满眼戈壁滩。
东望兰州一千六,
西去乌鲁木齐两千三。

出了嘉峪关,
火车飞一般。
车快赶不过人心急,
心儿早飞到天山边。

出了嘉峪关,
寒风吹满脸。
冰雪雨露全不顾,
一颗热心要把昆仑暖。

"出了嘉峪关,

两眼泪不干。"

旧时的歌儿再也没有人唱,

满车是:"万马千军进大山。"

1958 年春

春节寄友人

春天来到祁连山，
春天来到了玉门。
难以抑制心里的激情，
写一封信儿寄友人。

玉门是这样一个地方，
不见它想它，见了它爱它，
假若你做了它的居民，
一辈子也不愿离开它。

今年的春天不同往年，
我们的油矿正在大发展。
勘探油田的地质钻井队，
将要把酒泉盆地都摆满。

亲爱的朋友，看起来

我是和石油结了不解缘，

我的生活的道路，

注定是在充满油香的戈壁滩。

本来石油的芳香已足够使人迷醉，

何况戈壁滩上又吹来阵阵的春风。

在这遍野钻机震响的时候，

我怎能离开那些戴铝盔的弟兄！

1958年春于玉门

悼
——写于一个石油工人墓前

一

还没有离开北京,
我的心就飞到了矿上。
我想着这一次回去,
一定要首先把你看望。

分别了整整三年,
咱们该有多少话儿要谈。
我知道你一定会引着我,
去看看你那新建的锅炉间。

咱们坐在一条板凳上,
你又说起你那山东话:
"不说别的就看咱们的采油厂,
你看这三年的变化够多大!"

正是寒冬除夕夜，
我匆匆忙忙赶回矿上。
正打算第二天去给你贺春节，
同志们默默地指着东南岗①。

① 东南岗是玉门市公墓所在地。

东南岗上井架旁，
新建了一座注气厂。
莫非你调那里工作了？
那里的灯火正辉煌。

莫非你改了行学采油，
正拿着管钳在井上？
含泪摇头都不是，
呵，我明白了，你竟……

二

今天的风雪无情飞卷，
我静静地站在你的墓前。
没有鲜花没有眼泪，
添几把黄土作祭奠。

回转身背过风雪，
你能不能听到我说的话？

还记不记得一九五三年，
那一夜的风雪比今天还要大。

那一夜，你悄悄地
对我把秘密泄露，
你说你心里
在为一件事儿忧愁：

"同志们都劝我
应该退休养老，
我却怎么也不能说服
这一双不干活就发痒的手……"

一顶铝盔，一身工作服，
墓前边满眼是春笋般的井架。
从墓地你能够看到整个矿区，
现在你该可以含笑安息了吧！

三

拜托狂风，
拜托雪花，
请把我的话儿，
捎到山野间的每个井架下。

捎给正在戈壁上
冒着大风雪行驶的司机们；
也捎给矿区里，
那些系着红领巾的小娃娃：

这里长眠着
一个普通的石油工人，
他年轻的时候，
曾是一个被出卖了的华工。

在那翻天覆地的十月革命时，
他是伯力最初的一批游击队员。
为了保卫年轻的苏维埃，
他在西伯利亚草原上同日本干涉军作过战。

他活了六十三岁，
却劳动了五十五年。
临死的前一天，
他还是一个普通的锅炉工。

他没有建立过惊人的功勋，
你甚至还不知道他的姓名。
但是，无声无息劳动了五十多年，
这难道还不是一个人的最大光荣！

他没有私产，

没有亲人，

他把自己的一切，

全都贡献给了我们。

清明节那一天，

不论你们谁有闲空，

请你们来给这座坟墓添一铲土，

记住：尊重他就是尊重你的劳动！

1958年春于玉门

回三边

绿花公鸡不要叫,
白脖子狗娃不要咬,
你们没看看这是谁?
这是咱们家里人回来了。

身穿光板老羊皮,
头上蒙了块白手巾。
远远瞭见我心里想,
看穿戴就像咱三边人。

远看像你我不敢认,
心问口来口问心:
该不是离家十年的亲人回来了?
莫不是一个不相干的过路人?

听声音像你又怕我眼花,
你叫大娘我也不敢答;
听说你们都到大地方工作了,
谁想到你今天又回家。

快进窑里暖一暖,
坐到热炕上喝口茶。
不要瞪着眼睛四下瞧,
这几年的日子可过美啦。

你看炕上新毡新被子,
满窑洞尽是新家具。
你还没顾上看村里,
等会我引你到社里去。

你回来怎么选了个大冷天?
夏天里你不知道咱村有多好看。
黄沙绿树一片荫,
早年的那些旱地都成了水浇田。

人老几辈都没办法,
这几年咱们可把老黄沙治住啦。
天旱地干欺负人,
我们就挖渠打井对付它。

毛主席号召改造大自然,
千里黄沙窝里一哇声。
男女老少都像活老虎,
活了一辈子还没见过这光景。

不要看天气这么冷,
没明没夜打水井。
不要看你大娘年岁大,
人家还选我当送茶送水的女英雄。

你那个老毛病还没改掉,
心里一有事就坐不住了。
等大娘烧火给你做顿黄米饭,
咱们俩一路到井上去报到。

你回来赶得真是巧,
哪一年也没有今年干劲高。
早回来三年变化还不大,
迟回来三年你连路也找不到。

自来人熟就是亲,
我心里就爱同志们。
拿起筷子快吃吧,
你看这黄米干饭多爱人!

一海碗羊肉和粉条,
要吃你就吃个饱。
等下劳动时你肚子饿,
众人要说我没有招呼好。

你扛铁锹我提茶水罐,
到井上去跟乡亲们见见面。
过去咱们打败了胡宗南,
就用那股子劲建设新三边。

1958 年春

车过乌鞘岭

车过乌鞘岭,
一里一山洞。
人说修路时,
洞洞出英雄。

洞中仔细看,
不见英雄面。
只见山洞里,
砌得就像礼堂般。

转身问旅伴,
他正向车外看。
铁路沿山盘旋上,
就像条条铁链缠山间。

修路英雄在哪里？

旅伴指向风雪中：

"修路大军已西调，

风雪凛冽在峡东！"

1958 年春

难忘的春天

千颗麦子万颗米,子孙世代记住你。
山坍路断石头烂,死活忘不了那一年。

——民歌

序诗

沿着正在解冻的深涧,
我来到这充满春意的山庄。
这里是我们亲爱的领袖,
在战争中工作和生活过的地方。

不只是为了瞻仰,
我才把这些山村拜访。
在这乘风破浪展翅飞翔的时候,
每个人都会从这儿汲取前进的力量。

怀着崇高的敬意,
我写下这些诗行。
为了向今天的生活宣誓,
也为了纪念那不朽的历史篇章。

我知道这些浅薄的诗句,
明天就会被人遗忘;
而一九四七年的春天,
却将永远活在人们心上。

三棵杨树一棵桑

三棵杨树一棵桑,
长在青杨岔山坡上。
大人小孩都知道,
这是他那年散步的地方。

那时候,天上的乌云遮太阳,
狂风想把大地上的树木扫尽拔光。
他却安详地站在白杨树底下,
遥望着远山顶上光芒四射的朝阳。

望着贫瘠的山野上苗壮的麦苗,
听着大理河水昼夜不息地喧嚷。

他坚信这些穿光板老羊皮袄的人，
会把祖国大地上最后一个暴君埋葬。

连绵的群山没有遮断他的视线，
他胸中正在把一个宏伟的建设计划酝酿。
而老孟泰那时还是一个半失业者，
郝建秀只是一个拖着鼻涕的小姑娘。

我的辛勤的三边的乡亲们，
那时咱们谁家米缸上没有蜘蛛网？
就是在那炮声隆隆的日子里，
他已为咱们开下了医治贫困的灵丹妙方。

还有，我们的青杨岔，
青杨岔那时候算个什么地方——
几间破窑两家店，
可是，谁敢说青杨岔不在他的计划上？

三棵杨树一棵桑，
我轻轻地走在山坡上。
杨树、桑树都不在了，
代替它们的是绿树苗苗遍山岗。

我轻轻地走着默默地想，
他现在一定还记得这个地方。
青杨岔川里人在昼夜思念着他，
就像怀念着他们最近的亲人那样。

而他呢，他又怎么能够
把三边的乡亲遗忘。
在国家发展规划里，
你看他对咱们提出了多么殷切的希望。

既然我是我的乡亲们的一个普通的歌手，
我就没有权利把他们的请求搁置一旁。
"替我们给他捎个话吧，
就说那年他住过的地方已经改变了模样。"

大理河川的水再也不能拉着嗓子乱吼，
青杨岔前面的大水坝就要把它拦挡。
河川里的旱地都要变成水浇地，
眼看着我们就要社社谷满仓，家家有余粮。

在他那年走过的山梁上，
我们正在打成千上万的旱井把水贮藏。
山上旱井沟畔上再打透河井，
我们要把那个假龙王气成个死龙王。

沿河川就要变成杨柳岸，
地畔上是一重重防风防沙的沙柳墙。
山洼里几年就要变成果木园，
到那时，层层绿林围村庄。

三棵杨树一棵桑，
千年万年人不忘。
只要记住他曾在这儿住过，
这就永远是我们前进的力量。

一张桌子的经历

还是这一孔窄小的窑洞，
既没有粉刷，也没有重建；
还是这一张柳木桌子，
既没有油漆，颜色也没有改变。

还是原来的那扇门，
还是原来的那扇窗，
就连这一盘土炕，
也还是他住在这里时的那个模样。

这不是为了纪念，
供远方的人前来瞻仰；

我们知道他最喜欢朴素，
我们永远记得那一年，
他穿的那身灰色衣裳。

原来党的区委会驻在这里，
现在水利工程队在这儿办公。
人们谁不愿意住在这间窑洞里呢？
这里是光荣与幸福的象征。

轻轻地，不要撞着这张桌子，
不要看它模样笨拙又是柳木，
他就是在这张桌子上，
扭转了整整半个世纪的历史，
决定了六万万人的生活道路。

论起桌子的经历，也挺有趣：
在漆黑的夜里它最先听到黎明的消息，
在我们用双手开垦幸福的时刻，
它上边却安着一个区的电话总机。

在那个黑云压顶的春天，
我们亲爱的领袖曾经昼夜坐在它的跟前。
它和领袖一起承受过压在人民身上的苦痛，
又一起把整个祖国命运的重担承担。

而今天，它当然轻松得多了，
不过那不安静的电话机却昼夜吵闹。
水坝、打井、植树……它早已听得烂熟，
大清早，会有一个女社员尖声嚷叫着：
他们队里又添了一对小羊羔。

一张原色的柳木桌子，
粗笨的四条腿支撑着长方的桌面。
深夜里，区委书记在这里写过增产粮食的计划，
区文书也曾把全区的造林数字计算。

铅笔、钢笔、复写纸透过的痕迹，
重叠模糊地留在桌面上。
还有谁因为几个昼夜没有合眼，
不小心把墨水瓶弄翻洒了一大片。

木匠为什么把桌腿做得这么粗壮？
这四根柳木桌腿又能支撑多少重量？
谁曾经辨认过这些重叠模糊的字迹，
就像地质师用放大镜分析矿石那样？

请不要责备我的联想过于荒唐，
这难道不是我们党史中最生动的一章。
从我们党的领袖到一个普通的农业社员，

大炮和水车的形象,

又是如此奇妙地交织在这桌面上。

我尊敬地站在这张桌子面前,

望着它那字迹模糊的桌面。

我仿佛听见它在轻声诉说,

我们党和人民的亲密血缘。

杏树之歌

我是一个迟钝、羞怯的歌者,

从来不曾即席吟唱过诗章;

而当我来到这棵杏树前面,

却禁不住要放开嗓子歌唱。

在那天空似乎是黑暗的时候,

一个伟大的人从这儿走过。

他在这山崖边的草坪上,

亲手种下了杏树一棵。

不顾纷飞的弹雨,

他把一粒幸福的种子埋在地下。

指望在就要来临的春天,

结出丰硕的果,开出美丽的花。

他所走过的每一个脚印，
都成了历史的一章。
这一粒被深深埋下的种子，
也没有辜负他的希望。

桃三杏四果儿香，
春天花开映山岗。
杏花就是幸福花，
我们的日子就像杏树年年长。

不论谁去到北京，
请替我们向他问好。
就说他亲手种下的那棵杏树，
和我们的光景一样枝长叶茂。

拂晓灯光

不是神话，
不是传说，
这是那个拾粪老汉亲眼看见的，
天快明时，山顶上有一盏灯在发光。

灯光红似火，
明亮赛太阳，

它就像那个难忘的春天里,
铁匠家那盏彻夜不灭的灯一个样。

那年正月间,
一个不平常的人来到我们村上。
他就住在老铁匠家的那孔窑里,
他彻夜工作,灯光把窗子照得亮堂堂。

灯光照亮了夜路,
灯光照在我们心上。
半夜里,孩子被噩梦惊得大声哭叫,
妈妈拍着他说:不要怕,你看那盏灯还在亮。

鸡叫第二遍了,
弟弟睡得正香,
哥哥推着他说:起来吧,该上地去了,
你看他整夜工作,现在灯还在亮。

不是神话,
不是传说,
拾粪老汉看见十年前那盏灯又在发光,
这是天大的喜事呵——
莫不是他又要来到我们村上?

给山村青年

辽阔的祖国山野上,
充满了温暖的阳光。
我们的年轻人哪,
像茁壮的幼苗在成长。

鲜花朵朵虽然娇艳,
总是跟苦味的蒂叶相连;
我的幸福的青年兄弟呵,
你们谁能没有一个辛酸的童年?

你们出生在漆黑的夜里,
一落地就受到风暴的摧残。
流不尽的眼泪代替了母爱,
一碗苦菜汤就是温暖。

就像是长在阳坡上的禾苗,
你们最早见到了太阳。
在那穷人就是牛马的年月里,
你们就已经能够牧放着自己的牛羊。

对你们的幸运谁不眼红,
你们简直生活在福窝中。

当最后一次灾难袭来的时候,
那颗太阳就从你们村里照红了天空。

全中国的人口千千万万,
山川里的村庄多如星星,
我们亲爱的领袖呵,
他就住在你村中。

春香呵,还有你——小桂花,
你们这两个不懂事的小姑娘,
你们每一次蹦跳着跑进那间窑洞,
他都慈爱地把你们抱到躺椅上。

那时候,你们当然不会知道,
他的每一分钟对于祖国多么重要。
你们呀,对他说过多少稚气的话儿,
他也和你们一起哈哈大笑。

他给你们饼干吃,
你知道他是多么喜欢你俩。
他要教你们识字,
你们却调皮地说:记不下。

春香，你这个农业社的女主任，
现在怎样想呢——后悔了吧？
　"那时候，年纪小一心贪玩，
现在想起来，真是对不起他！"

再娃！你怎么坐在炕角一声不响？
那年你害了出水病，
鼻血像泉水似的流淌，
是谁派人把你背到医院里，
是谁救活了你年轻的生命？

你病好了的那些天，
是谁常常把你抱？
是谁像父亲似的问你：放牛好？识字好？
傻孩子呵，他给你讲了那么多识字的好处，
而你却一口咬定说：放牛好。

对呀，你该给他写封信，
就说是一个由他救活了的青年，
代表山村的人们向他问好！
告诉他，你现在当了农业社的会计，
你已经懂得识字对建设新生活多么重要。

还有存柱——你这个生产队长,
他不是常说你年纪小个子长的却不小。
好好劳动吧,说不定你会在北京见到他,
那时你就对他说:我的个子大,我的劳动好。

年轻的山村兄弟们,
你们已经是父兄们的接班人。
所有的山川土地都交到了你们手里,
乡亲们把建设新生活的重担,
光荣地托付给了你们。

你们和别人可不一样,
我们的领袖亲眼看着你们成长。
在这翻天覆地的日子里,
兄弟呵,可不能辜负他的希望!

往日是光荣的山庄,
今天就应当是光辉的榜样。
永远记住一九四七年的春天吧,
这就是取用不尽的力量。

难忘的春天

一

河水昼夜不息地奔流,
消失在遥远的海洋;
过去了的日子就像春天的绿叶,
一个一个都被遗忘。

我们只是忘不了那一年呵,
忘不了一九四七年的春天。
战火像致命的瘟疫包围着我们,
它要毁灭村庄,烧焦长着绿苗的山。

就像满山遍野扑来的毒虫,
它甚至不放过一个吃奶婴儿的生命。
想用我们的死亡延缓它的死亡,
快死的狼眼珠子都变得血一样红。

不必隐讳那时的艰难真情,
我们几乎是空着手投入了战争。
眼看着十年幸福生活一火烧尽,
就是一块石头,难道它不心痛!

那一夜，一颗火星把山村映红，
消息从这一张嘴里传到那一个耳朵中。
老头儿悄声警告儿子对谁也不能乱说，
而他自己却使全村人兴奋得一夜没有入梦。

像是久旱的干苗遇到了雨露，
严寒笼罩的沙漠上起了春风：
——咱们的党中央还在陕北，
他呀，昨天夜里来到了咱们村中！

他是谁？这还用问吗，
只有疯子、傻瓜才不知道他。
在我们村里，就是一个三岁小孩也知道，
他——他就是他呀！

立春后的禾苗，
一股劲地上长。
这些天，就连瞎子的眼里，
也发射着喜悦的光芒。

在这艰难的日子里，
他来到我们村里。
我们和他在一起，
这还不就是胜利！

二

世上有多少崇高的情感,

慈母的爱要比一切都更深沉。

可是,我们却感受过另一种爱,

它比母爱更要胜过十分。

恰像庄稼苗儿离不开土地,

我们和他脉搏连着脉搏,心连着心。

他不倦地关怀我们远胜过关怀自己,

为了我们今天也为了我们的后辈儿孙。

他了解我们的欢乐、痛苦,

就像熟悉自己的五个手指头。

所有的语言称呼他都不确切,

我们只能从心里边叫他是我们亲爱的领袖。

麦子熟了他派人帮我们收割,

他那匹青马给穷苦的兰兰家推过磨。

临离开我们村子的那天夜里,

他一遍又一遍嘱咐我们埋了粮食、埋了锅。

我们村里的担架队员在蟠龙牺牲了,

他像失去了自己的亲人同我们一起开会追悼。

他告诉我们不要害怕敌人,

他说敌人是一块豆腐咱们是一把刀。

不忍心说起他离开村子的那一天，
全村人噙着眼泪送到村边大路上。
他走后大人娃娃哪天不惦记他，
这几年,见了延安、北京来的人就问他健康。

自从经过了那个春天，
我们这穷山沟就变成了福川；
不是旧脑筋还在迷信风水命运，
现在谁不知道王家湾、小河、天赐湾。

忘不了他的人样和他说的每句话，
掐指头算着他走了十年啦。
就像是他昨天还在这里一样，
十年的时光还没有一天长。

那时候，他领导着我们打败了敌人，
现在我们又在他的号召下向自然作战。
凭着这高山小河我们敢于向他宣誓：
我们都是和他在一个锅灶上吃过饭的人，
我们一定能够建设一个社会主义的三边！

1958年3月于三边

一听说冷湖喷了油

一听说冷湖喷了油,
止不住心里好喜欢。
千人狂喜万人歌,
贺电就像雪片般。

一听说冷湖喷了油,
油柱滚滚冲向天。
芳香原油流满地,
沙滩转眼变海滩。

一听说冷湖喷了油,
不住气喷了十几天。
喷出原油千百吨,
车拉罐装运不完。

一听说冷湖喷了油,
原油流满戈壁滩,
戈壁变成大油海,
油光闪闪波浪翻。

一听说冷湖喷了油,
柴达木盆地闹翻天。
千顶帐篷锣鼓响,
万杆红旗飘山川。

一听说冷湖喷了油,
人人争把喜讯传:
盆地原是聚宝盆,
柴达木是祖国的大油田。

一听说冷湖喷了油,
浑身流汗笑满脸;
五年苦战未白过,
给祖国找到了一个大油田。

一听说冷湖喷了油,
嘴里欢唱心里甜。
严寒风沙成过去,
酷热蚊咬只等闲。

一听说冷湖喷了油,
满怀信心望明天。
单等火车进盆地,
原油似海拉不完。

一听说冷湖喷了油,
昆仑山上吐豪言:
柴达木是祖国的新玉门,
油像长江黄河流不断。

1958年9月

访南充

荔枝树下别茂名,
菜花香里访南充。
页岩芳香香未消,
又闻川中跃进声。

手拉龙女上蓬莱[①],
嘉陵江畔好风景。
人说川中是宝地,
锦绣江山一望中。

满眼井架数不尽,
菜花黄处皆油井。
铝盔银光映翠竹,
井架顶上旗帜红。

①龙女寺、蓬莱镇都是川中油区地名。

井沿嘉陵江边打，

人向红旗指处冲；

上游山水上游人，

不负川中好名声！

1960 年

白桦与青松
——寄一个苏联同志

在莫斯科
郊外的桦树林里,
我揭下了一片
缎子似的白桦树皮。

飞越了万里的旅程,
我把它带回到家里。
它使我想起莫斯科,
想起住在列宁山上的你。

在北海岸边,
我折下这一枝青松。
作为最珍贵的节日礼物,
我把几枚松针装进信封。

愿白桦与青松枝叶相连,

诗人纵情把新歌吟咏:

"莫斯科郊外有棵白桦树,

北京城有一棵不老松。"

1961年2月14日

"和歌"三篇

1961年4月间,我随中国作家代表团去日本访问。旅途中,感于日本人民对中国的友谊,特仿日本"和歌"形式,试写了这几首小诗。

"和歌"是日本传统诗歌形式之一种,形式短小,字数限制极严(五、七、五、七、七)。我不懂日文,又是初次接触这种形式,这些只能算是习作,权当一点友谊的纪念。

飞机中望富士山

远望富士山,
巍峨峙立沧海间。
海浪无边远,
山影遮海船如丸,
富士白发扫云天。

大阪歌

人说大阪好，
轻舟穿巷街心绕；
大阪人多情，
脸赛四月樱花烧，
难忘八百零八桥①。

① 大阪市内水渠纵横，有"水都"之称。水多桥亦多，相传有八百零八桥。

琵琶湖荡歌②

水色绿如蓝，
挽臂荡歌湖上边。
微波映身影，
黑黄肤色皆不辨，
同歌同舞同容颜。

② 1961年3月，亚非作家会议常设委员会东京紧急会议后，日本作家邀请与会各国代表，共游日本著名风景胜地琵琶湖。亚非各国作家挽臂荡歌湖上，乘兴于船上写作这首小诗，以志当日之盛。

1961年3月

喜见延安一同志

还是那双圆口布鞋,
还是那身蓝布制服。
窑洞里虽然装上了电灯,
炕上却还是那床简单的被褥。

小米是家常便饭,
荞面饸饹谁不喜欢。
有了纸烟还不忘旱烟叶,
"手卷牌"、羊腿巴又香又甜。

窑洞里还是"连家店",
办公、睡觉,又同老乡谈家常。
下乡还是背着那个小背包,
走路时还断不了把顺天游唱。

只是发白心更红,

条条皱纹深且长。

见面还是像盆红炭火:

"好同志,这些年你过得怎么样?"

1961 年 7 月

海誓

日本伊豆半岛上的热海，是个倚山面水，丛绿宜人的地方。在对面海上波浪飘摇的万顷碧波中，有一个名叫初岛的绿色小岛。

多少年以前，热海的一个名叫阿初的姑娘，爱上了初岛上的青年右近。初岛是个人多地劣的穷苦地方，右近不敢相信阿初对他的爱情。阿初对着大海向他起誓。右近就同她相约，每夜渡海到初岛相会，百日满时，他们俩就相爱结婚。

就从这个时候起，每天夜里，总有一个少女，从热海岸边的岩石上，只身跃入海中，向初岛游去。而在夜色茫茫的大海上，也总会看见一盏明灭不定的灯火在闪烁。这闪耀不灭的灯光，是右近为了给阿初指引方向，点燃起来的信号。

九十九个夜晚过去了……

一

现在是第一百个夜晚。

夜色黑得怕人，海浪猛烈地拍打着岸边的岩石。

阿初姑娘又下海了。

没有星星,
没有月亮。
今夜的天呵,
为什么这样黑?
今夜的水呵,
为什么这么凉?
今夜的海呵,
为什么起了这么大的浪?

二

面对着无边的夜的海洋,面对着滔滔的海浪,一种不祥的预感,袭上了她的心头。

莫不是命运故意把我折磨,
莫不是海潮错流了方向?
莫不是我的右近呵,
他对我变了心肠?

三

爱情毕竟是爱情。右近的形象,和她的爱情的誓言,终于驱散了她心头上踌躇的阴云。

初次见右近,
立誓相爱到如今。

珍珠小，海洋大，
全世界我就爱他一个人。

脸似古铜红，
浓眉虎眼赛海深。
山会坍，路会断，
右近哥，他可不是那样的人。

海边的女儿，
千年岩石一颗心。
黑风吹，猛浪打，
怎能挡我出海的船儿要前进！

四

爱情的船儿出海了。她敏捷得像支火箭似的向前游去。

游呵，游呵游——
爱情的船儿出了海，
风急浪大不回头。

游呵，游呵游——
飞蛾爱火扑面来，
不见灯火死不休。

游呵,游呵游——
就是大海着了火,
火海里也要游到头。

游呵,游呵游——
幸福在对我微笑,
右近在向我招手。

五

风浪不断地猛烈起来。

你看,被爱情之火燃烧着的那颗心,竟是那么勇敢地锐进着,不要说是海浪,就是一座石山挡路,她也会从岩石中直穿过去。

惊涛骇浪夜正酣,
海浪扑身又扑脸。
身随飞浪上山去,
浪山顶上望夜天。

阿初我像鱼穿水,
阿初赛过浪顶船。
狂涛助我顺风浪,
急切要登初岛岸。

对着大海立过誓：
百日游海结姻缘。
九十九夜风浪险，
定情单在今夜间。

月有圆缺人有死，
海有潮汐天有变；
阿初情如当顶日，
年年月月照人间。

六

阿初姑娘她是累了。一连串不解的谜，苦恼着她那疲惫不堪的心。

是无边的黑夜，
隔断了我的视线？
是冰冷的浪花，
遮掩了我的双眼？

是因为我太心急，
这儿离初岛还很遥远？
还是我游错了方向，
被波涛卷向天边？

是右近害了病,

不能为我把灯点燃?

还是可恶的狂风,

扑灭了那爱情的火焰?

我怎么还看不到,

那闪烁的灯光?

我怎么还看不见,

我的右近、初岛的海岸?

七

朋友们,阿初姑娘是再也看不到那盏灯了——那盏灯,被恶人扑灭了。

可怜的阿初呵,亲爱的姑娘,你那颗纯洁的像透明的海水一样的心,怎么能够猜想到,这哪里是什么狂风,这是比那狂风还要可恶一千倍、一万倍的罪恶的灵魂,扑灭了右近为你点燃的爱情的火焰。

往日呀,

也曾遇到过滔天浪,

为什么

腿儿不似今夜痛,

筋骨不像今夜酸?

往日呀,

心里也曾急如煎,

为什么

海路不像今夜长,

初岛怎么会这样远?

往日呀,

那盏灯光如明月,

为什么

游了这么大半夜,

不见灯火不到岸?

八

看呀,那应该永远被诅咒的罪恶的灵魂,它把阿初推到什么地方去了!
起伏的波涛追击着她,狂啸的浪花扑打着她。

筋疲力尽的阿初,已经失掉了划游的力量。她,只是凭靠着对就要到来的幸福的幻想;她,只是凭靠着飞卷的波涛,任随海浪飘摇。

狂风卷起波涛,

紧紧相跟;

你们是为我送行的吧,

送我去见我的右近?

海浪张着大嘴,

不停呼啸;

你们是为我祝贺的吧,

为了我的幸福欢叫?

无边的天上,

泛着白光;

你是为了我们的相见,

好心地提前发亮?

身子像根羽毛,

随浪飘摇;

这哪里像是在海里游泳,

分明是躺卧在右近哥的怀抱。

九

  这是她的幻觉。这是一个幸福在望的少女,被狂暴的海洋吞没前的一刹那,所能有的那种令人心碎的幻觉呵!

真的来到了初岛,

那不是岛上的小山。

我亲爱的右近呀,

他正站在那山上边。

右近——我的心肝,
你怎么不为你的阿初喜欢:
走完了一百天艰难的海路,
阿初实现了她的誓言。

让我来换上衣裳,
穿起你最喜欢的那一件。
把你那火热的手给我呀,
咱们手携手走向天边。

让人们都来羡慕咱们俩,
我要大声地对着人们宣讲:
你是我亲爱的新郎,
我是你美丽的新娘。

我们要驾着爱情的船儿,
漂游四方倾心歌唱:
唱你唱我唱唱咱俩,
唱天唱地唱唱海洋。

东边的天上已经发亮,
蓝天上出现了万道霞光。
霞光虽然无比美妙,
我们的爱情比它更要久长。

十

  是的,东方的天空,已经亮了。可是,亲爱的阿初姑娘,她是永远也看不到就要出现的太阳了呵!就在朝霞展露的时候,她被蓝色的大海吞没了。

  不是海水呀,
  这是祝杯的美酒;
  海水怎么会有这样香甜?

  不是浪涛呀,
  这是我们的床褥;
  浪涛怎么能是这样柔软?

  右近呵,
  让我再喝一口。
  在这爱情之花开放的时候,
  我们为什么,
  不来畅饮这甜蜜的美酒?

  右近呵,
  阿初想睡觉了。
  在这使人沉醉的时刻,
  我要在梦里,
  永远地紧紧把你拥抱。

附记：1961年4月17日，我们从镰仓到箱根去的路上，经过著名的海滨避暑地热海。陪同我们的一位日本作家，讲了这个美丽感人的民间传说。

那时候，我们围坐在绿树环绕的海边草坪上，面向着大海，遥望着远处海上的初岛，听着这位日本朋友的讲述。少女阿初的命运，使我顿时想到了一个民族，一个古老的却又充满青春力量的民族。少女阿初，渴望幸福，而她只能怀着对幸福的幻梦，葬身在蓝色的海洋深处；产生这个美丽传说的民族，却肯定是会实现它的理想，得到胜利的。

1961年8月9日于京郊

借刀
——一个日本的民间传说

日本石川县,
有个大温泉。
泉水似滚汤,
昼夜流不断。

就在这个温泉旁边,
有一个故事流传。
说是在久远的古代,
发生过猴子借刀的故事一件。

有个名叫五兵卫的人,
他是一个著名的英雄。
在同敌人搏斗时受了伤,
他来到温泉旁边养病。

他带着一把宝刀，
雕花的刀鞘非常好看。
把一根头发吹向刀刃，
头发丝就会分为两半。

他非常爱惜自己的宝刀，
一天到晚把它带在身边。
不论是吃饭睡觉，
还是到山野游玩。

有一天的夜里，
宝刀忽然丢了。
他在房子里左找右找，
每一个地方都找不到。

因为是一把名贵的宝刀，
他又是焦急又是悲伤。
旅馆的主人也帮助他，
动员了许多人到处查访。

问遍了所有的人，
看遍了所有的房。
寻遍了山上的每一块石头，
找遍了每一棵树木生长的地方。

找遍了大路小路,
每一个草丛全都找过。
找了三天零三夜,
哪里也没有看见宝刀。

最后他实在没有办法,
请了一个巫婆来算卦抽签。
抽了三根签,算了三次卦,
都说宝刀就在他的身边。

五兵卫心里好不纳闷,
一个人坐在房里左思右想。
从早上想到中午,
从中午想到晚上。

夜里天色漆黑,
听见谁在敲门拍窗。
开了房门走到院里,
见是一个猴子跪在地上。

小猴子捧了宝刀,
感激地对着他讲:
"我是一个小猴子,
就住在这座山上。

"本来我有一个妈妈,
我们过得非常快活。
我非常喜欢妈妈,
妈妈也十分爱我。

"早上去喝甜美的露水,
饿了时,就去摘些野果。
我在老树枝上打秋千,
妈妈在月亮底下唱着歌。

"有一天发生了不幸,
忽然飞过来一只老鹰。
它用尖刀似的长嘴,
扑过来想啄我的眼睛。

"妈妈一边保护着我,
一边去同老鹰斗争。
恶鹰扑闪着翅膀,
妈妈气红了眼睛。

"妈妈把我藏进石洞里,
怕的是伤了我的性命。
她独个儿守护着洞口,
独个儿去同恶鹰斗争。

"从中午打到太阳落山,
妈妈累得腰疼腿酸。
我怕恶鹰伤害了妈妈,
拿块石头也来参战。

"妈妈正叫我赶快回去,
恶鹰突然扑在她的脸前。
还没有等我跑回山洞,
恶鹰已经啄瞎了她的两眼。

"瞎了眼睛不能抵抗,
恶鹰活活地把她吃个精光。
恶鹰到处把我寻找,
我用石头把洞口堵挡。

"可怜的妈妈为我死了,
想要报仇又没有力量。
那天看见你在山上游玩,
腰里的宝刀闪闪发光。

"想借宝刀怕你不肯,
只好暗暗偷到山上。
我已经杀了恶鹰报了母仇,
借用宝刀还要请你原谅!"

猴子讲完就不见了,

那把宝刀却在五兵卫的手上。

他像一块石头似的站在那里,

久久地望着黑巍巍的山岗。

1961年8月3日于京郊

东西南北任我闯（歌词）

从前，
我是一个扛枪的战士。
那时候年轻力壮，
高唱战歌斗志多昂扬。
为了战胜日本侵略者，
八年冰雪战太行。
以后又消灭反动派，
高举红旗过长江。
红旗到哪里，
哪里就胜利。
不怕它枪林弹雨，
哪管它高山大河把路挡，
东西南北任我闯。

现在,

我是一个钻井队长。

虽然说两鬓斑白,

身体还像当年一样壮。

为着建设社会主义的祖国,

脱下军服换工装。

建设祖国要石油,

身背钻机走四方。

哪里有石油,

就往哪里去,

不怕它风狂雨暴,

哪管它岩层千尺硬如钢,

东西南北任我闯。

1962 年 1 月

天上边有云（歌词）

天上边有云哪,
雾沉沉的月不明。
小路上有人哪,
影影绰绰看不清。
远看一身白衣裳,
就像是一棵直挺挺的白杨钻天行。

一步一步走近了,
猛然瞭见手电筒。
一道白光似闪电,
照的人眼花脸蛋红。
"你还不快点往前走,
没看见夜校里已经点起了大汽灯!"

1962 年 10 月

招魂灯

在靖边西南白于山余脉的烟墩山顶有座明代的烽火台。明清时,深夜草滩上常有盗马贼偷马,同伙在烽火台处燃柴为赶马者引方向。有关烟墩山还有一个在百姓间流传的旧事:女方是包办婚姻,婚后被丈夫虐待。后女方与小伙儿贾成相爱,被女方的丈夫发现报官府捉拿,贾成黉夜逃往西口外,病死他乡。女方得信后肝肠寸断,深夜攀上烽火台点灯为贾成招魂。

高山上点灯哪,
四下里耀眼明。
千里的沙滩上,
黑咕隆咚一点红。

不为恶狗照明路,
不为豺狼咬牲灵;
单单为他一个人,
单为贾成哥点明灯。

一根灯草二两油,
没有清油泪珠儿凑。
红灯就是妹的心,
眼望口外犯忧愁。

尖嗓子叫一声贾成哥,
为啥你还不往回走?
宁条梁有狗你走草地,
张家畔有衙门你走河沟。

别人走口外都有信,
你像一根银针掉在大海中。
是路畔上的麻雀胆子小,
还是你在口外受苦穷?

不怕钢刀耀眼亮,
不怕衙门里百万兵;
没面子皮袄当作铁索甲,
心口窝赛过三丈厚的石头城!

你若是死在西口外,
好歹也给我托个梦。
当下杀死我男人,
白日里守寡黑夜里点招魂灯。

招魂灯亮照得远,

满天的星斗没了踪影。

不招游魂千千万,

声声贾成喊到天明!

1962 年 4 月

那时候在太行山
　　——京太线车中一夕谈

乍一见就觉颜面熟,
想不起在哪里见过面;
亏得你还是那样活泼记性好,
立正,敬礼,报告你是六连指导员。

你看我白发多来黑发少,
多快呀,太行山一别二十年!
虽然是天南海北干的行道不一样,
我知道总有一天会相见。

看你这一身服装斯文样,
军装已经脱下了多少年?
我也转业进了工厂,
幸喜得人虽半老心可没有残。

拉开窗帘向外看,
可惜天黑什么也瞧不见。
记得吧,这就是咱们常说的正太线,
记得吧,那时候咱们在太行山……

那时候我比你大几岁,
你可是十七八的小伙子正当年;
锦样的年华人人都有,
谁的青春里曾像我们弥漫硝烟。

好同志,走过的地方都可以忘,
活到老死也不能忘记太行山!
记得吧,那一年为着粉碎敌人围攻反扫荡,
咱们团奉命插到敌人后方去作战。

连续行军七天七夜,
谁的背包曾经离开双肩。
太行山的石头真是硬呵,
多少人的鞋底都被磨穿。

每走一步留下一个血印,
青石板上血迹点点。
血是印泥脚是印,
太行山永远是我们的山!

正是十月寒冬夜,
风雪扑人刺骨寒。
咱们还穿着单军装,
枪上结冰手榴弹冻成了冰蛋蛋。

米袋像一条饥饿的肠子,
它还没有盐包里装的硝盐满。
咱们几乎是带着饥饿投入战斗,
真像是太行山上扑下来的饿虎一般。

开头是出其不意的长途奔袭,
接着是一片火海一场混战。
战马抖擞地横冲直撞,
就连炊事员也杀红了双眼。

那才是真正的战斗呀,
现在想起来热血还在滚翻。
那以后我们大大小小又打了多少仗,
谁算过我们日日夜夜爬过多少山?

南北征战走了何止万里路,
心里总也忘不了太行山的那些年。
党的培养战火炼,
下山后,再也不知道什么是苦和难……

我见过当年的许多老战友,

东西南北文武各行样样全。

当年扛枪现在搞建设,

那时年轻而今咱们都是两鬓斑。

两鬓冰霜由它去,

这颗心还似当年跳得一样欢。

且莫说年龄大了身体不如过去好,

松柏常青蜡梅花单在冬天才展瓣。

干革命就像驾驶逆水船,

永远鼓劲分秒勿休闲。

只要活着还有一口气,

我们呵,我们永远是青年!

1962 年 10 月于太原

向昆仑

小序

在你我的日常生活里,
时常会碰到些戏剧性的事件。
它们出现得总是那样偶然,凑巧,
每一次都给你带来双倍的狂欢。

比如说,失散多年的亲友,
突然给你来了一封信;
或者是一个久别的同志,
在电话里把你的名字呼喊。

假若你时常出差在外,
那你准定会有更多的体验:
火车、汽车上偶然同熟人相遇,
意外地同老战友住进一个客店。

惊愕，欢叫，紧紧拥抱，
争相倒茶水忙着递纸烟。
畅谈往昔的战斗生活，
再把老伙伴的情况交谈……

这样的意外相逢，
这样的促膝交谈，
有时候只不过解解闷儿，
有时候呵，
它却成为你生活途程中的一个新起点。

常言说得好：
要穿还是粗布衣，
要吃还是家常饭。

相见——欢谈，
分别——再见，
这是生涯中的家常便饭。
一席寻常的家常话，
也许会使你深思深想两三天。

第一章　阳关道上

陈年旧话不去说它,
就从最近一次旅程落笔开篇。
第一百次横渡黄河,
又碰上一个大雪天。

轻车过玉门,
星夜出阳关。
跋涉三千里,
直奔昆仑山。

一马溜平的阳关大道,
恰似北京长安街又平又宽。
每一次走在这条路上,
这颗心呵就像海潮逐浪滚翻。

不是因为我是个写诗的人,
动不动就喜欢一唱三叹;
看着这满眼的烟囱,井架,
汽车轮子也转得格外撒欢。

阳关大道上,
车队连成串。
戈壁千里路,
欢歌声不断。

古老而又年轻的阳关道呵,
像一条不尽的长河川流不断。
那穿梭般的车队,
像是航行在激流中的船。

夜静天漆黑,
只有帐篷顶上的小红灯在眨眼。
四野寂无声,
只有骆驼草在晚风里打战战。

在沙漠戈壁上长途旅行,
招待所就是你的"北京饭店";
不要看它只有几幢破旧的帐篷,
打尖、过夜却也十分安然。

汽车上摇呀汽车上颠,
风吹日晒跑了一整天。
扛上行李卷走进帐篷里,
简直像踏进家门那样温暖。

热茶热饭不用说了,
那盆滚烫的洗脚水真够舒坦。
行军床上你可以睡个香甜的觉,
梦里边也忘不掉招待员的笑脸。

第二章　歌

常年走东跑西,
养成了跑野外的生活习惯:
到哪里都不会不服水土,
不论什么茶饭一样可口香甜。

草堆,地铺上照样睡大觉,
就是在鼓风机前也能安眠。
这一夜呵,我却出了"事故",
躺在床上怎么也合不上眼。

不能怪我的神经特别娇气,
也不是旅途中受了风寒;
是哪里传来了阵阵歌声,
一声声一字字紧扣心弦。

歌曲呀这是一种神妙的语言,
它能使你奋发也能催你安眠。

在漫长的战斗年月里，
又是它把你我的忧欢分担。

没有不爱唱歌的革命者，
就像没有不开鲜花的春天。
战斗歌曲如同鲜艳的红旗，
在征途中与我们相依为伴。

谁曾经忠诚地为人民战斗过，
几支战歌就可以谱成他的小传。
老红军唱起《三大纪律八项注意》，
雪山草地的情景重又展现眼前。

同是一曲悲壮的《国际歌》，
各人的感受却不一般：
谁在冷炕前唱着它宣誓入党，
谁拖着沉重的镣铐走向牢监。

一曲《在太行山上》，会使你
回想起硝烟弥漫的一九三八年。
唱起《南泥湾》，
它又使你记起了延安的大生产。

过去年代的歌曲它有两个翅膀,
一个使你回忆往昔,一个展望明天。
往昔的经历激励今天的斗志,
异曲同调——乐观向前。

过去高唱战歌走向疆场,
歌声使风云变色山摇地颤。
今天呵,它又鼓舞着我们
走向建设的最前线。

第三章 喜相逢

世上的歌儿呀成千上万,
听歌的人却各有各的喜欢。
这里边没有多少道理好说,
歌儿呵总和你的感情有点牵连。

我呵我爱的歌儿是顺天游,
这歌儿曾经陪伴我多少年。
就像马兰草的千万条须根,
它使我扎在三边的黄沙滩。

顺天游呵不断头,
千遍万遍听不厌。
多少欢笑多少泪,
清风长夜不安眠。

一曲顺天游,
梦魂到三边。
披衣忙坐起,
惊呼招待员。

深更半夜谁的兴致这么好,
甜滋滋的小曲伴琴弦?
熟悉的音来熟悉的调,
唱曲人一定是老三边。

不待呼唤不待叫,
招待员早就掀开毡门帘:
"老李同志睡没有?
我们的祁书记想同你谈一谈。"

前几年我进柴达木,
矿上的同志我都见过面,
压根儿没有听说姓祁的,
左思右想犯疑难。

猜疑不决下床来,
一声"老李"到跟前。
抬起头来吃一惊,
老天呀——
原来是三边的老伙伴!

再莫说"西出阳关无故人",
嘉峪关外泪涟涟;
长夜一曲顺天游,
多年的老友重相见。

第四章 少年游

童年的生活难以忘却,
青年时代更值得留恋。
儿时的小友纯真无邪,
永难忘青年时代的战斗伙伴。

一群无知的学生娃娃,
甚至还不懂得饥饱冷暖。
如同暴风雨里的迷途小舟,
我们在炮火中扑向灯塔延安。

像抚育一棵棵嫩弱的幼苗，
党把我们深栽在人民中间。
学习战斗，学习生产，
我们在时代的熔炉里燃烧熔炼。

虽然还是嘴上没毛的年纪，
却自小就被旧时代的毒菌污染；
是党教导我们脱去旧胎换新骨，
又把战士的责任交付我们承担。

艰辛而又幸福的青年时代呵，
永远使人眷恋，怀念；
怀念哺育过我们的土地、人民，
怀念生死与共的同年伙伴。

在窑洞里同一盏油灯下，
我们盘着腿学习。
在高高的山崖上，
又在同一块土地里开荒生产。

手挽手蹚涉过雨后的延河，
又一同背起背包走向前线。
横穿汾河、同蒲路的夜里，
同一支步枪在我俩肩上轮换。

我们来到部队里，
恰好又在同一个团：
他在团部当参谋，
我在连里当指导员。

漳河畔的风雪雨露，
太行山的酷热严寒，
连续的出击反"扫荡"，
把我们的意志磨炼。

他帮我在磨秃的牙刷柄栽上马尾，
我送他在荒山土坡上种的山药蛋。
战斗间歇时我们偶然相聚一起，
品尝着同一支缴获来的纸烟。

友谊呵像一根不断的线，
我们俩又前前后后来到三边。
他调回边区来学习，
我在一个小学校当教员。

种谷子，种糜子，
打土墙，纺线线。
工作学习虽然忙，
往来信息总不断。

几粒调墨水用的蓝色颜料,
一本马兰纸印的《整风文献》,
一双自纺自织的毛线袜,
这都是我们友情的珍贵纪念……

生活的激流呵浪淘沙,
个人友情也在这里承受考验。
历经患难的同年战友呵,
是忠诚把咱们紧紧相连。

青年时代的伙伴呵,
即使远隔千里多年不见,
我们也会像信任自己那样,
坚信都在同一面红旗下作战。

第五章　三边呵三边

三边分手二十多年,
今夜在阳关道上意外相见。
喜从天降人也年轻了,
老祁呵——
一个炕上打过滚的老伙伴!

此地此景此时情，
可不比寻常的握手言欢。
生死战友情如山，
话头繁句句不离老三边。

我离开得早，
他离开得晚。
我随军南下遍走十几省，
他在三边一直待了这些年。

前年才调出沙窝窝，
从沙漠来到戈壁滩。
"你的腿长我腿短，
只能在沙漠戈壁上打转转。

"说起苦来也实在苦，
说它甜来也真够甜。
你知道沙漠上怎样搞新建设，
三边呵，可不像过去那些年。"

说盐池，说定边，
说罢吴起又说张家畔。
三边的山呀三边的水，
望不尽的柳树丛黄沙滩。

说羊群,说骆驼,

挖不尽的甘草驮不完的盐。

二毛筒子老羊皮袄,

彭滩的黄米靖边的荞麦面。

又是说呀又是唱,

一声声顺天游飞上天。

两张嘴唱的一个调,

两颗心弹的一根弦。

说起三边的乡亲们,

情深无限想起当年。

"还记得胡家圈的胡升吧?

老人家已经当了第一百次模范。

"死羊湾的放羊老汉王老七,

成了公社的'顾问''羊总管'。

咱们的老房东郭大娘,

赶驴推磨照样上崖畔。

"大娘一家人变化大,

大儿在广西二儿在武汉,

三儿是公社的大队长,

小女儿在西安纱厂当技术员。

"城关乡长现在是副县长,
他那个小儿子当了空军驾驶员。
公社到县全是一帮新人手,
生气勃勃干劲赛过咱们那些年。

"再莫说'三边毛驴'不中用,
'沙老鼠'照样能闹翻天。
重要的是革命这两个字,
有了它,人也变来土也变。"

第六章　家

茶暖肚肠越谈越有劲,
摆开龙门阵简直没个完。
忽然我想到他的家,
问起他的爱人孩子可在身边?

鬼眨眼睛拍着我哈哈笑:
"你这一问使我想起了那一年。
当时咱们都在游击队,
经过长征的老队长同咱们闲聊天。

"他问咱们打算多大才结婚,
将来找爱人都有啥条件?

你看我来我看着你,
咱俩脸红半天谁也没答言。

"末了还是你说永远不结婚,
找爱人生孩子添麻烦。
咱们那时候都年轻,
把这些问题看得多简单……

"你这个小鬼头多健忘,
过去说的话还算不算?
现在你一本正经来问我,
这一回倒让你抢了先。

"你的情况我早就听人说,
是不是已经有了一女两个男?
这件事我又是个'落后分子',
我结婚还不到三个整年。

"不是因为找对象不容易,
实在像你说的是怕麻烦。
周围的同志们都批评我,
说我不通人情过于简单。

"问起我的家吗?
我的'后方'可够遥远。
我不喜欢像蜗牛那样,
一步步背上总是驮一架山。

"我的爱人是个农村妇女,
结了婚也打算离开公社稻田。
我说咱们还是一个工来一个农,
'工农联盟',隔些时见一面。

"去年我们才生了个男孩子,
四十得子这也算大事一件。
勘探队的青年同志们开玩笑,
说我是放着幸福甘愿受孤单。

"幸福这是个挺好的字眼,
我觉得他们理解得并不完全。
好同志,你们是著书立说的人,
你说说这个问题该怎样看?

"革命和建设的任务比山还重,
前进的道路上还横着许多艰难。
这时候就迷恋着安乐的家,
沉醉在爱人的怀抱中间?

"能把个人的幸福,

当作至高无上的理想?

能把奴隶们的呻吟呼号,

像耳旁风听见装作没听见?

"如果那也叫作幸福,

我宁愿不做这个共产党员!

革命不成死不休,咱们呵,

咱们的幸福只能在不倦的斗争中间!"

第七章 "国际迷"

戈壁滩的夜呵特别黑,

阳关外的风呵分外寒。

老祁拿出来一瓶"竹叶青",

取来漱口杯把酒斟满:

"好同志,酒逢战友千杯少,

今晚上咱们来他个底朝天。

当年困难难得共一醉,

老伙计意外相逢好好谈一谈。"

话头像戈壁上的野马,

纵情奔驰,没遮没拦。

他突然看了看手表,
两针相压正是午夜十二点。

"可惜帐篷里没有收音机,
不知道这些天国际形势有何发展?"
接着他诉说起野外工作的苦,
半月不见报,一来一大卷。

"我呀还是那个老毛病:
只要有报纸宁肯少吃一顿饭。"
霎时间,我陷进回忆的迷雾里,
仿佛又见他在崎岖的山道上蹒跚。

脚上穿着一双破草鞋,
身上的棉军装又薄又烂,
而他背上的那个背包呵,
却像一座鼓囊囊的小山。

那是在向敌后进军的途中,
上级号召轻装飞越封锁线。
他狠着心把棉被拆成夹被,
又把妈妈的来信撕成碎片。

不愿丢弃那一束剪报两本地图，
和几卷《世界知识》半月刊。
"就是打着光脚板走路，
我也要把它背上太行山。"

一次我俩在午夜同班放哨，
他悄悄吐露了真实心愿：
"胜利后若有国际问题研究所，
我将请求去做一名研究员。"

漫长的战斗生活，
曾把多少人的性格改变；
可是老祁这个"国际迷"，
征途越长他的兴趣越发展。

杂志虽然在反"扫荡"中遗失，
那两本地图却一直带在身边。
他向全团做过列宁格勒保卫战的报告，
又是我们研究抗战形势的活字典。

"国际迷"呵当过营长、县委书记，
今天又把石油探区的领导责任承担。
结束回忆我捅了他一拳头：
"你现在还想去当研究员？"

"那档子事早就死了心,
国际问题可是越学越甜。
我们这里不只我一个是'国际迷',
哪一顶帐篷里不是把世界大事讲谈。

"不要看我们是昆仑山里的'野人',
黑非洲的枪声我们一样能够听见。
你去问问不论哪一个石油工人,
谁的胸中没有一个地球在旋转?

"虽然我从来没有见过一个黑人,
也没有机会到国外访问参观;
我只能从报纸收音机里了解他们,
只能从电影上观看他们的容颜。

"可是我觉得同他们如此亲近,
就像隔山相居的兄弟一般。
每一次登上昆仑山顶,
仿佛都能瞭见黑非洲的朝霞满天。"

第八章　长夜谈

生活像一座奇异的矿山,
它有数不尽的砾石,

也有闪闪发光的金砖。
多少平凡的日子转眼成为过去,
激动心弦的一刹那,
你会记它一百年。

怎么会忘记这次相逢呢,
我们纵情畅谈了一个夜晚。
忘不了热情扑扑的老祁呵,
和那些迸发着火星的语言。

他像述说自己探区的地质构造,
从非洲、中东一直说到南北朝鲜。
"斗争风暴正席卷整个地球,
我们总算看到了星火燎原这一天!

"这是亘古未有的大风暴呵,
它只会越刮越猛绝不会云消雾散。
这是一片怒潮汹涌的火海,
可不只是划在地图上的一条线。

"当年咱们也曾展望过世界形势,
谁能预料到今天这样的大好局面。
当然啦,我们的对手也不是蠢猪,
想要彻底消灭它也并不简单。

"古往今来有过多少个两脚恶魔,
哪一个能比今天的恶霸狠毒奸险!
历史上谁曾经建立过这么大的帝国,
它甚至还想把整个宇宙装进私囊里边。

"我是一个不折不扣的土包子,
看问题也许有点头脑简单。
我看它好比咱们住的这顶破帐篷,
越高越大越要更多的绳索牵。

"夏天雨淋冬天风雪猛,
这里不烂那里烂;
绳索越多反倒不牢靠,
这根不断那一根断。

"不要看它装模作样吓唬人,
枯木朽竹先打肚子里边烂。
赤手空拳的黑人都看透了这只笑面虎,
有人呵,
对这层薄薄的纸皮硬是看不穿!

"我们的敌人同野兽是一种性格,
你越怕它越凶,你硬它就软。
只有关在笼子里的豺狼才不能吃人,

和平呵,只能靠亿万人手中的枪杆!"

第九章　走向明天

当我还是"小鬼"那样的年岁,
就生活在革命兄长的关怀中间。
曾有多少个老大哥呵,
挽着我的手翻越河流高山。

在冰封雪飘的山洞里,
拿仅有的一床夹被为我御寒;
如同在弹雨纷飞的火线上,
用他们的身体把我遮掩。

他们对我像对待自己一样严格,
从不姑息我的任何一个小缺点。
当我带着泪花为自己的错误辩解,
多少双责备的目光射进我的心间:

"小鬼呵,可不能辜负党的期望,
想想我们在红旗下立过什么誓言?
日本侵略者还没有打倒,
红旗飘扬全世界的时刻更为遥远。"

我的这些可敬的革命长兄呵,
教导我像他们那样坚定勇敢;
接过先烈们留下来的接力棒,
无所畏惧地走向胜利走向明天。

一月又一月呀一年复一年,
他们教会我
从太行山展望全世界;
用伟大的理想战胜艰难。

就是在吃树叶黑豆的时刻,
在敌人的刺刀枪口面前,
我们心上都铭刻着一行金字:
英特纳雄耐尔一定要实现!

从太行山到昆仑山,
时间呵又过去了多少年。
在这戈壁滩上的长夜里,
我们又把这个话题畅谈。

尽管他搞石油我是个写诗的,
我们呵可都是共产党员。
职业纵然有千种万种,
心里却都是为着同一个明天。

我们讲呵我们谈，
这个话题永远也谈不厌。
促膝回首万里路，
心赛坚钢望明天。

夜入深更，心冷骨寒，
茫茫风雪覆地盖天。
帐篷颤抖缝隙里冒冷风，
转眼间床前边碎雪一片。

老祁呵还是那么容易激动，
声音越说越高鼻尖沁着汗。
他从行军床上跳到地下，
挥舞着手臂边走边谈：

"我的好同志，最近两三年，
我的心真像在滚油里熬煎；
多少失眠的夜里我责问自己，
怎样才能做个永不褪色的党员？

"这些年你是否想到过打仗？
想到过我们又背起步枪手榴弹？
烽火硝烟早已从祖国大地上消失，
非洲沙漠上的炮火离我们又很遥远；

"革命胜利，万事如意了，
只想着怎样把幸福生活再加装点；
斗争早已被忘到九霄云外，
革命嘛这也成了额外负担。

"我们在战斗生活里，
学会了一条经验：
谁若是对明天失掉了热情，
在今天的战斗里
他就不会勇往直前。

"当他为个人的得失苦恼，
为工资、职位伤心失眠；
当他说理想不能当饭吃，
活在世上就是为了吃穿；

"他对一切都已心满意足，
沸腾的生活使他感到厌烦；
一有什么风吹草动就心神不宁，
害怕把他那安逸舒适的生活搅乱；

"他的眼睛只看到自己的鼻尖，
忘却了大半个世界还在遭受苦难；
当他呀……一句话，

当他不再记得自己是一个共产党员。

"老李呵,谁们会说,
这是故作惊人之谈——不!
一个没有理想的'革命者',
他走向革命者的反面。

"没有理想,
就不是一个真正的战士;
忘掉明天,
还算是什么共产党员。

"一个战士丧失了理想,
将会掉落在战斗行列后边;
一个共产党员不再为明天战斗,
这种行为的名字就是背叛!"

第十章 山颂

戈壁寒风夜来狂,
一宵畅谈,冰雪漫山川。
风停雪住红日出,
推窗远眺昆仑光闪闪。

银色盔甲银战袍,
巍然屹立天地间。
大野滚滚望无尽,
沙柳碎草都不见。

这就是我们茫茫的戈壁,
这就是我们巍峨的高山;
辽阔,静穆,没有边际,
坚定,豪迈,无比庄严。

千山万岭高入云,
昆仑山是母亲的山。
哺育祖国大地的江河呵,
都是从这里发源。

"老李呵,
高山大河我也见过不少,
昆仑山可算是奇妙的山。
晨雾里它是那样柔和优美,
赤日下却又显得异常威严。

"春秋四季变化无穷,
瑰丽的景色气象万千。
最可意是严冬冰封时,

银须银发更是壮观。

"千里戈壁一片白,
透亮的晴空海样蓝。
顶天立地的昆仑山呵,
像一个战士雄立天地间。

"不知道别人喜欢不喜欢,
我可是一到这里就被它迷恋。
早也看来晚也看,
朝朝暮暮看不厌。

"你们写诗常爱打比方,
你说它像不像个共产党员?
勇敢坚定,威武不屈,
无畏地捍卫着大地云天。

"永远忠诚地坚守岗位,
万年如一日承受着静寂的考验。
它从不贪图安逸享受,
千年万年永远穿着那件雪罩衫。

"不向人类索取酬报,
却把自己的乳汁流向人间;

川流不息的长江黄河，
浇灌着多少麦地稻田。

"我这是不是有点班门弄斧，
在你这个诗人面前放肆胡言；
老伙计，这可真是心里话，
昆仑山实在像一个共产党员。

"有时候我还这样想：
等到革命最后胜利那一天，
搞上它十万个强力的高音喇叭，
安装在地球上每一座高山之巅。

"用全世界所有民族的，
千百种各不相同的语言，
在同一秒钟里同声播唱《国际歌》，
——英特纳雄耐尔一定要实现！"

谁呀谁能挑剔这是矫情，
谁能责备这是虚幻浪漫；
不是呀！这是一个战士
发自肺腑深处的真诚心愿！

迎着戈壁的寒风，

我们并肩站立窗前。
我好久好久没说话,
只是默默地看着他那激动的脸。

直到这一分钟呵,
我才注意到他两鬓风霜眼窝深陷。
虽然是条条皱纹横过前额,
那豪放乐观的气概胜似当年。

一夜长谈没有一丝倦意,
他两眼炯炯地望着昆仑山。
从那滚热烫人的手掌上,
我仿佛感觉到他那老羊皮袄下,
蕴藏着一座将要爆发的火山。

尾声

没有走不到头的路,
没有爬不到顶的山;
不论多么有意思的谈话,
也不能把工作撂下不管。

他是一个石油探区的党委书记,
我也不是终日游乐的一名闲员;

帐篷外汽车喇叭正在呼叫,
它在召唤我把新一天的路程赶。

紧紧握手含泪告别,
殷殷嘱咐常通信函。
忙匆匆爬上大卡车,
情依依预祝再相见。

又是一天长途路,
又是一个大雪天。
车队沿着阳关道,
迎风踏雪直奔昆仑山。

冰雪彻骨寒,
仰望昆仑山,
苍茫万里一望白,
云遮雾绕天际悬。

回头望帐篷,
茫茫雪一片。
深情祝福老战友,
盼望再见那一天。

1963年8月—11月

赠杨合厚同志

感君殷勤至，

相伴游战区。

天车入九重，

井队远千里。

何时擒油龙，

毋忘传讯息。

彼时当相见，

共谱石油诗。

1973 年 6 月于长庆油田即兴

自勉诗[1]

口含"消心痛",
挥笔画油龙;
但求心竭日,
油龙腾太空。

1976 年 12 月

[1] 1976 年 12 月,李季同志抱病写作长诗《石油大哥》。为了激励自己奋战,将此四句诗放在写字台前,作为座右铭。写作后,即收起。

故事影片《啊！摇篮》（歌词）

一

摇篮呵摇篮,
马背上的摇篮走山川。
一串串铜铃叮咚响,
一队队骡马翻高山。

摇篮呵摇篮,
马背上的摇篮像只船;
船儿在暴风雨中摇呵摇,
乘风破浪永向前。

摇篮呵摇篮,
马背上的摇篮颠又颠;
延安生来炮火里长,
烽火硝烟里过童年。

摇篮呵摇篮,
马背上的摇篮曲唱不完;
新中国诞生在炮火里,
摇篮里的娃娃迎春天。

二

走头骡子红缨缨,
翻山越岭赶路程。

骡子走后马走前,
忘不了延河水宝塔山。

山丹丹开花刚展瓣,
忘不了延安小米香又甜。

延河水长来宝塔山高,
边区人民的恩情忘不了!

谷子呀糜子呀根连根,
亲生的骨肉连着娘的心。

一行行杨树一行行柳,
一队队解放军朝前走。

水连着水来山连着山,

看咱们解放军上前线。

蓝格盈盈的马兰花崖畔上开,

手扒着摇篮盼望爹妈来。

1979 年 1 月

葡萄的传说

在挥汗如雨的盛夏暑天,
我来到火焰山下的吐鲁番。
好客的吐鲁番人多么热情,
到处是西瓜、哈密瓜、葡萄串。

夜晚我去参加一个联欢晚会,
会场就设在几丛葡萄架下边。
一片片葡萄叶是绿色的天幕,
灯影里一串串葡萄银光闪闪。

美丽的维吾尔姑娘翩翩起舞,
手风琴招引来欢乐的少年。
吐鲁番的年轻人谁个不能歌善舞,
葡萄园里永远是明媚的春天。

姑娘们的笑脸像朵朵鲜花,
长裙像多彩的蝴蝶飞舞翩跹。
谁在把悦耳的冬不拉轻轻弹拨,
一曲动听的古老传说紧扣心弦。

在久远久远的年代以前,
吐鲁番还是一片戈壁荒滩。
人们在火焰山下搭起零落的帐篷,
把羊群和骆驼牧放在艾丁湖边。

到后来人们引来了天山雪水,
这才在吐鲁番开垦起哈密瓜田。
有一天招待一位远方的骆驼客,
临走时他馈赠奇妙的水果一盘。

它像闪光的珠子那么圆,
它比蜂蜜、冰糖还要甜。
它像翡翠那样碧绿透亮,
它像姑娘们的项链成珠成串。

人们去问长命百岁的老爷爷,
他捋着白胡子想了好几天。
说他还是小孩子的时候,
他的爷爷曾经对他讲谈。

说在遥远的喀喇昆仑山下,
在千里沙漠瀚海那边,
人们从西域移栽了一种仙果,
莫非这就是葡萄传到了吐鲁番。

人们欢欣地高歌狂舞,
对着火焰山吐露誓言:
让葡萄也在我们这儿生根结果,
要使每家每户都有一个葡萄园。

当天,人们就组织起一支骆驼队,
挑选出十个勇敢的青年前往和田。
全村的人都来给他们送行,
嘱咐他们不要辜负人家的心愿。

带着亲人们的叮咛嘱托,
勇士们迎着风沙跃马扬鞭。
一峰峰骆驼一匹匹骏马,
就像是奔赴沙场挥戈作战。

驼队消失在沙漠的远方,
人们用最美好的话语暗自祝愿。
姑娘们为自己的小鹰骄傲,
哪一天人们不在把他们怀念。

乡亲们想呵乡亲们盼，

一天过去了又是一天，

过了一个月又是一个月，

艾丁湖上的明月缺了又圆。

姑娘们的小鹰还没有消息，

远征的勇士们还不见回还，

莫非他们在沙漠中迷了路，

莫非遇到坏人把他们截拦。

驼队呵没有忘记亲人的嘱咐，

勇士们把情人的话语牢记心间。

他们披星戴月长途跋涉，

终于来到了昆仑山下的和田。

和田人热情接待远方的来客，

在葡萄架下为他们摆设盛宴。

一杯杯葡萄美酒像玉液仙露，

绿、黄、紫色的葡萄像珍珠摆满杯盘。

听说他们奔走千里来寻仙果，

主人把各种葡萄秧装满藤篮。

冒着漫天风雪他们胜利回程，

才走了三天秧苗就被冻死一多半。

再一次回到和田请求主人,
做了个大木箱把葡萄秧装满。
拿三层毛毡把木箱包扎严实,
再也不害怕刺骨的冰雪严寒。

他们走呀走了三十又三天,
突然发现葡萄秧又都死完;
大沙漠里阵阵旱风吹,
苗和土变成了石块一般。

返回头第三次来到和田,
热情的主人心里犯了疑难:
五千里沙漠瀚海长途路,
想把葡萄秧带回去难比登天!

小伙子又是生气又是懊恼,
一个个手扶脑袋苦皱眉眼;
就是一座大山我们也能移走,
没想到运几棵葡萄秧竟是这么难!

这真是千里马掉进水井里,
赶上骆驼去穿绣花针眼。
领头的青年名叫夏地,
他的心就像火炭炙烤一般。

亲人们的嘱托宛若穿胸的钢针,
情人绣的袷袢像铁链紧缠腰间;
不把活葡萄秧运回家乡,
怎么有脸再见心爱的吐鲁番!

眼窝深陷鼻梁天天高,
碧眼里突然间火花一闪:
为什么不把葡萄秧栽在缸里,
让骆驼把仙苗驮回吐鲁番!

小伙子们都说这是个好主意,
热心的主人也把这个办法称赞。
大缸里土肥水足栽满了葡萄秧,
青枝嫩叶像鲜花展瓣争艳。

勇士们第三次登程上路,
一对大缸稳架在驼峰两边。
站站浇水,小心把仙苗护养,
风吹日晒,脱下袷袢把它遮掩。

沙漠里摇呀驼背上颠,
沙漠瀚海里整整走了一百天。
手搭凉棚但见天山日日近,
回头遥望昆仑冰峰天天远。

风季过去了暑热天到,
又蒸又烤昼夜像在蒸笼间。
沙丛里骆驼草耷拉着头,
一棵棵红柳、胡杨枝叶不展。

宽宽的大河川裂开了缝,
天山雪水潜流在沙漠地下边。
一匹匹骏马又渴又累,
走一天少一匹倒在戈壁滩。

驼队里再也听不见谁唱歌,
勇士们一个个垂头眯缝着眼。
口干舌燥浑身汗水淌不断,
无边的沙漠就像是火海一般。

十双眼睛盯着一对大缸,
十颗心为着一件事情盘算:
就是把我们全都渴死饿死,
也要用最后一滴鲜血把仙苗浇灌。

眼看着葡萄秧变黄了,
眼看着缸里的土快要变干。
人们怀着最后一线希望,
夏地狠着心肠作出决断:

我们都是火焰山的儿子,
闯不过沙漠瀚海怎对得起祖先。
杀死骆驼从胃里挤出水来,
十峰骆驼就能使葡萄秧多活十天。

滚烫的沙粒像穿心的刀尖,
阵阵热浪简直要把血液烤干。
眼望着高高的天山雪峰,
心里边计算着离家乡还有多远。

看见了呵看见了,
咱们亲爱的吐鲁番就在眼前;
那不是清清的艾丁湖水碧波荡漾,
燃烧着的火焰山下畦畦碧玉瓜田。

那不是一棵棵白杨树,
那不是天山雪水绕村前,
夏地呵,你的米丽姑正在放羊,
蓝天红日映照着咱们的吐鲁番。

"快闭上眼睛先别高兴,
这里离咱们家乡还很遥远;
你刚才看见的那是戈壁幻影,
可不要让魔鬼迷了心眼!"

脚踏着刀山火海长途路,
勇士们走了三天又三天。
十峰骆驼只剩下最后一峰,
幸好葡萄秧还是叶嫩枝全。

这一回可真是快到家了,
我们的勇士却没有熬过最后一天。
他们一个个昏倒在骆驼蹄下,
他们用生命实践了自己的诺言……

冬不拉这时候猛然一转,
一队维吾尔姑娘出现台前。
看着她们朝霞般的彩色衣裙,
谁的心不为勇士们轻轻舒展。

一个姑娘扮作骑马的猎人,
十个姑娘屏住气息躺卧地面。
猎人紧皱眉头把每个人闻了又闻,
然后就挽起长裙飞奔呼唤。

人们从四面八方拥到葡萄架下,
这个抱颗大西瓜那个提着水罐。
轻轻地撬开姑娘们的嘴唇,
滴滴甘露沁入勇士们的心间。

扮作夏地的姑娘最先苏醒,
他的米丽姑正为他轻擦眉眼。
勇士们一个个挺起腰身,
姑娘们围着他们高歌狂欢。

一对大花盆代替大缸,
一丛丛青枝绿叶的葡萄长在中间。
长呵长呵长藤爬上了葡萄架,
灯影里串串葡萄银光闪闪。

姑娘们绕着花盆快步旋舞,
葡萄架顶上飘下来雪白纱帘,
金红色的大字激动心窝:
"葡萄就是这样来到了吐鲁番。"

1979 年 10 月

荆江铁女

山南海北
我走过许多地方
人世沧桑
我见过数不清的姑娘
忘不了呵
荆江岸边的　对铁女
用青春和生命
铸成了人间最美的形象

长江出三峡,江水倾泻,势如万马奔腾,汹涌澎湃,直扑江汉平原。多少年来,单靠着一道荆江大堤,卫护着江北的千里粮棉沃野,万顷鱼米水乡。

荆江大堤是江汉人民的命脉。在过去的年代里,年年岁岁,洪水一来时,千家万户抬筐提锹,男女老幼登堤抢险。那时官家只知横征暴敛,不管人民死活。土豪酷吏更是借修堤治水为名,敲诈勒索,鱼肉乡里。不知有多少人家,被害得妻离子散、家破人亡。

单说荆江岸边有个老铁匠,年过五十,丧妻无子,跟前只有一对双生女儿,平日靠开铁匠炉谋生。在这大堤上下谁人不知,有个曲儿唱道:

  高高镇水塔

  离天一丈八

  塔前有棵老铁树

  一棵铁树开了两朵花

  姐妹唱山歌

  唤来满天霞

  江边不闻划桨声

  哪有心思捞鱼虾

且说这年汛期又到,官家私吞捐税银粮,却要老铁匠一月之内炼出千斤钢铁,过期不缴杀头示众。这老铁匠只会打些铁锹、镰刀,哪里能炼什么钢铁?这分明是逼着公鸡下蛋,打着水牛去穿针眼。无奈官令如山,地保昼夜登门催逼;况且这修堤大事,关系着千里江汉多少人的身家性命,他也就只好硬着头皮搭炉炼了起来。

姐妹俩跟着白发老爹,每日炉上炉下忙碌不休,眼看着——

  一车车矿石 一船船煤

  一座座高炉 照亮三峡水

  一道道皱纹 一行行泪

  一丝丝白发 汗如长江水

一朵朵愁云　一天胜一岁
昼夜叹息声不止　不见饮茶水

小小的年纪　小小的心
双泪哭湿袍和袖
为什么我俩是女儿身

一条条米粉　一勺勺汤
襁褓里死去了亲妈妈
老爹爹灌汤喂水养成人

一星星炉火　一声声锤
背一个来抱一个
父女们相依为命度光阴

一声声铜锣　一只只船
那一年大堤开了口
四野里茫茫洪水难栖身

一碗碗馊饭　一根打狗棍
各州府县全走遍
谁收留大水冲来的讨饭人

一日复一日,一炉接一炉,眼看一月限期已到,老铁匠连一块生铁也没炼出来。

父女三人对着炼炉相抱号啕痛哭。

滔滔的江水呀

千年万年流不断

我们的泪花儿

从巫山洒向东洋大海边

哭走了多少当顶日

多少个月亮缺又圆

泪珠儿若能当铁珠

长江上大小船只装不完

像一尊石胎人儿无言语

老父亲端坐炉前望青天

老天呵你年年降雨雪

为什么不造一道大堤落人间

个人生死是小事

江汉川千家万户重如山

能炼出钢铁早日把堤修好

粉身碎骨也心甘

从清晨到黄昏，人们眼巴眼望，满心指望在这最后一天的最后一炉中，能够喷出钢花铁汁的烈焰来。

> 三峡的水呀　巫山上的云
> 白云流水是证人
> 炼铁炉前筋骨碎
> 啥时候黄土变成金

> 三峡的水呀　巫山上的云
> 山河共照女儿心
> 血肉若能化铁汁
> 姐妹俩愿做铁石人

可是，当临近午夜打开炉门时，炉膛里却依然是熊熊的烈火和一堆烧得通红的铁矿石。父亲和女儿，千百个修堤民工们的最后一线希望破灭了……

> 抬头问苍天　苍天何无情
> 世上万物劳动造
> 为什么我们炉炉空

> 抬头问苍天　苍天何无情，
> 同是一江东流水
> 为什么有时亲来有时凶

抬头问苍天　苍天何无情

洪水过处无鸡犬

为什么不爱欢歌爱悲声

抬头问苍天　苍天何无情

一人富贵千家泪

长恨世间不公平

抬头问苍天　苍天何无情

一辈子打铁无休歇

老爹爹为啥要受断头刑

抬头问苍天　苍天何无情

心连心来肉连肉

钢刀要斩断骨肉情

抬头问苍天　苍天何无情

百里长堤朝阳路

杨柳青青花正红

抬头问苍天　苍天何无情

蚕方吐丝莺初啼

青春无限一场空

抬头问苍天　苍天何无情

扬眉挺胸化烟去

敢教荆江锁蛟龙

抬头问苍天　苍天何无情

且看荆江奇女子

一片丹心照碧空

正在这时，突然一道闪电划破夜空……

江水暴怒声似吼

狂风带雨晚来急

炉火映红了长江水

闪电光照亮了天和地

千人万人亲眼见

一对凤凰腾空飞

串雷阵阵噼里啪啦响

山崩地裂一道红光冲天际

各位乡亲，你知道这冲天光芒因何而起？原因是——

姐妹二人心如煎

眼看汛期到眼前

不忍看　白发老父亲身首分两处

不忍看　江河横流千家万户遭水淹

姐妹二人相对看

擦干了眼泪整衣衫

一闪身　双双跳进烈火冲天的炼炉里

霎时间　两道长剑似的光芒直射云端

　　风停了，雨住了，人们在冲天的炉火照耀下惊异地发现：大炉里铁水翻腾钢花飞溅，放出的铁汁灌进模坑，不多不少，正满千斤之数。当人们从炉膛里扫尽炉渣，却看见两块同她姐妹俩身材一样大小，容貌衣衫一模一样的铁矿石。

山河大地可作证

多情的江水在呜咽

人世间　几多动人的儿女英雄事

哪一桩　不是用青春和生命换

青山常绿水长流

荆江大堤稳如山

江心中　年年月月飞舟载歌把荆江铁女唱

茶山上　朝朝暮暮不尽的山曲千秋万代传

　　附记：1952年夏天，我去参观荆江分洪工程。在长江边上的一处小山坡上见到了一座小庙。庙堂正中，端坐着一尊泥胎老者塑像，两侧直立着两块乌黑的人形铁矿石。仔细望去，宛若两个秀丽的少女形象。过路的老乡对我绘形绘色地讲了关于铁女的故事。我深深被这个美丽的传说所感动，久久不能忘却。她们的形象经常出现在我的记忆里。

今天，我又想起了她们……

1980 年 1 月